Seadove

Seadove

Seadove

Rabindranath Tagore

只要打開
泰戈爾的詩，
不管翻到哪一頁，
你都能
沉浸於智慧的海洋！

泰戈爾的詩

印度/羅賓德拉納德·泰戈爾/著

學博士/徐翰林/譯

o are you, reader, reading my poems an hundred years hence?
nnot send you one single flower from this wealth of the spring, one single streak of gold from yonder clouds.
n your doors and look abroad.
n your blossoming garden gather fragrant memories of the vanished flowers of an hundred years before.
e joy of your heat may you feel the living joy that sang one spring morning,
ing its glad voice across an hundred years.

誰，讀者，百年之後讀著我的詩？
法從春天的財富裏為你送去一朵鮮花，
方的雲裏為你送去一縷金霞。
門向四周看看。
繁花盛開的園中採集百年前消失了的鮮花的芬芳記憶。
心的歡樂裏，願你感受吟唱春日清晨的鮮活的喜悅，
快的聲音穿越一百年的時光。

目錄 Contents

關於作者

他是我們聖人中的第一人：
不拒絕生命，而且能說出生命之本身，
這就是我們所以愛他的原因了。

羅賓德拉納德・泰戈爾（1861～1941年），享譽世界的印度詩人、小說家、思想家，生於孟加拉一個富有哲學和文學藝術修養的貴族家庭。泰戈爾8歲就開始寫詩，並展露出非凡的天賦，15歲時出版詩集《原野之花》，被稱為“孟加拉的雪萊”。1878年赴英國留學，1880年回國後專門從事文學寫作。在他的創作生涯中，涉足了詩歌、小說、戲劇等不同領域，均獲得不凡的成就。

1910年，泰戈爾自譯的英文版《吉檀迦利》出版，轟動了全世界。1913年，他因該詩集榮獲諾貝爾文學獎，從此躋身世界文壇，其作品被譯成多國文字，廣為流傳。

泰戈爾一生中共寫了50多部作品，其中最著名的有散文詩集《飛鳥集》、《吉檀迦利》、《園丁集》、《新月集》、《採果集》等。另外他還創作了12部中長篇小說，100多篇短小說，20多部劇本以及大量的文學、哲學、政治論著，其作品博大精深，充滿了慈善仁愛的胸懷和獨特的人格魅力，贏得了無數人的景仰。

1941年8月7日泰戈爾病逝。他的一生以火一般的熱情為世人打開了一扇扇通往靈魂的視窗，引領人們進入他雋永不朽的哲思。不同的人生階段，能品出不同的滋味；每字，每句，都值得細細咀嚼！

關於作品

"誰從嬰兒的眼中竊去了睡眠？我必須知道……

正午時分，孩童的戲耍時間已經結束；

池塘裏的鴨子沈默無聲。牧童在榕樹的樹蔭下睡去了，

白鶴莊嚴而安靜地立在芒果樹旁的泥沼中。

此刻，竊眠者進來，

從嬰兒的眼中偷走了睡眠，飛走了。"

　　還有比這更優美的文字嗎？只有在泰戈爾的筆下，我們才能讀到這種天真、稚嫩的情趣。一首首詩彷彿具有一種深不可測的魔力，能看到一切事物的意義，能將我們帶到美麗而和平的世界。

　　《泰戈爾的詩》包括《飛鳥集》、《新月集》、《園丁集》、《吉檀迦利》、《採果集》、《流螢集》等作品，代表了泰戈爾不同時期、不同風格用英文所寫的作品。

　　《飛鳥集》是泰戈爾的代表作之一，也是世界上最傑出的詩集之一，它包括300餘首清麗的小詩。在作者筆下，白晝和黑夜、溪流和海洋、自由和背叛合二為一，短小的語句道出了深刻的人生哲理，引領世人探尋真理和智慧的源泉。初讀這些小詩，如同在雨後的初夏清晨，推開窗戶，看到一個淡泊清透的世界，一切都是那麼清新、美好，可是其中的韻味卻很悠長、耐人尋味。

　　給泰戈爾帶來世界聲譽的當屬1910年自譯的哲理詩集《吉檀迦利》，這本書的出版將其獨特的風格展示給世界，並征服了世人。1913年，他因該詩集榮獲諾貝爾文學獎，從此躋身於世界文壇，其作品被譯成多國文字，廣為流傳。

　　繼《吉檀迦利》之後的《園丁集》則是一部"生命之歌"，更多地融進了詩人青春時代的體驗，細膩地描敘了愛情的幸福、煩惱與憂傷，可以視為一部青春戀歌。詩人在回首往事時吟唱出這些

戀歌，在回味青春心靈的悸動時，又與自己的青春保有一定距離，並進行了理性的審視與思考，使這部詩集不時閃爍出哲理的光彩。

　　《新月集》是詩人歷經人世滄桑之後，從睿智而潔淨的心靈唱出的兒歌。詩人熔鑄兒時的經驗，藉助兒童的目光，營造了一個晶瑩的童話世界。深達的哲理，時時從童稚的話語和天真的畫面中流露出來，智者的心靈與純真的童心在《新月集》裏達到了最好的融合。

　　自20年代起，泰戈爾的作品便由冰心、鄭振擇等譯成中文，受到眾多讀者的喜愛，至今仍傳誦不息。他的作品之所以流行，能引起全世界人的興趣，一半在於他思想中的高超的理想主義，一半在於他作品中的文學的莊嚴與美麗。

　　在這個飛速發展的時代，閱讀泰戈爾，會使你的心靈變得純淨，會讓你的精神尋到一片休憩的家園。要知道，這個頭纏白布，身穿白袍，留長鬍鬚的老頭兒，早在百年前，就曾問道：

　　你是誰，讀者，百年後讀著我的詩？

飛鳥集

Stray Birds

Stray birds of summer come to my window to sing and fly away.
And yellow leaves of autumn,
which have no songs, flutter and fall there with a sigh.
O troupe of little vagrants of the world, leave your footprints in my words.
The world puts off its mask of vastness to its lover.
It becomes small as one song, as one kiss of the eternal.
It is the tears of the earth that keep her smiles in bloom.

夏天的飛鳥，來到我的窗前，歌唱，又飛走了。

秋天的黃葉，它們沒有什麼曲子可唱，一聲歎息，飄落在地上。

世界上一隊小小的流浪者啊，在我的字裏行間留下你們的足跡吧！

世界對著它的愛人，扯下它那龐大的面具。

它變小了，小得宛如一首歌，小得宛如一個永恆的吻。

大地的淚珠，使她的微笑如鮮花般盛開。

夏天的飛鳥，來到我的窗前，歌唱，又飛走了。

秋天的黃葉，它們沒有什麼曲子可唱，一聲歎息，飄落在地上。

世界上一隊小小的流浪者啊，在我的字裏行間留下你們的足跡吧！

世界對著它的愛人，扯下它那龐大的面具。

它變小了，小得宛如一首歌，小得宛如一個永恆的吻。

大地的淚珠，使她的微笑如鮮花般盛開。

廣袤的沙漠，狂熱追求一葉綠草的愛，但她笑著搖搖頭，飛走了。

如果你因錯過太陽而哭泣，那麼你也會錯過群星了。

舞動著的流水啊，在你途中的泥沙，正乞求你的歌聲，你的舞蹈呢！
你是否肯背負跛足的泥沙向前奔騰？

她熱切的臉，如夜晚的雨水，縈繞在我的夢中。

有一次，我們夢見彼此竟是陌生人。

Stray birds of summer come to my window to sing and fly away.

And yellow leaves of autumn,

which have no songs, flutter and fall there with a sigh.

O troupe of little vagrants of the world, leave your footprints in my words.

The world puts off its mask of vastness to its lover.

It becomes small as one song, as one kiss of the eternal.

It is the tears of the earth that keep her smiles in bloom.

The mighty desert is burning for the love of a blade of grass who shakes her
head and laughs and flies away.

If you shed tears when you miss the sun, you also miss the stars.

The sands in your way beg for your song and your movement, dancing water.
Will you carry the burden of their lameness?

Her wishful face haunts my dreams like the rain at night.

Once we dreamt that we were strangers.

醒來時，才發現我們本是親密無間。

憂傷在我心中沉靜下來，宛如降臨在寂靜山林中的夜色。

一些看不見的手指，如慵懶的微風，在我心上奏著潺潺的樂章。

"大海啊，你說的是什麼？"

"是永恆的質疑。"

"天空啊，你回答的是什麼？"

"是永恆的沈默。"

聽，我的心啊，聽那世界的呢喃，這是它對你愛的召喚！

創造的神秘，有如夜的黑暗——它是偉大的，而知識的幻影卻如清晨之霧。

不要因為峭壁的高聳，而讓你的愛情坐在上面。

We wake up to find that we were dear to each other.

Sorrow is hushed into peace in my heart like the evening among the silent trees.

Some unseen fingers, like an idle breeze, are playing upon my heart the music of the ripples.

"What language is thine, O sea?"

"The language of eternal question?"

"What language is thy answer, O sky?"

"The language of eternal silence."

Listen, my heart, to the whispers of the world with which it makes love to you!

The mystery of creation is like the darkness of night—it is great. Delusions of knowledge are like the fog of the morning.

Do not seat your love upon a precipice because it is high.

今天早晨，我坐在窗前，世界就如一個過客，稍歇片刻，向我點點頭，便走了。

這些零碎的思想，是樹葉沙沙之聲；它們在我的心裏，歡快地低語著。

你看不見自己，你所見到的只是自己的影子。

主啊，我的那些願望真是傻透了，它們喧鬧著穿越你的歌聲。只讓我聆聽吧！

我不能選擇最好的。

是那最好的來選擇我。

那些背著燈的人，他們的影子投到了前面。

我的存在，是一個永恆的驚奇，這就是人生。

"我們，簌簌的樹葉，都應和著暴風雪。而你又是誰，如此沈默著？"

"我只是一朵花。"

I sit at my window this morning where the world like a passer-by stops for a moment, nods to me and goes.

There little thoughts are the rustle of leaves; they have their whisper of joy in my mind.

What you are you do not see, what you see is your shadow.

My wishes are fools, they shout across thy song, my master.

Let me but listen.

I cannot choose the best.

The best chooses me.

They throw their shadows before them who carry their lantern on their back.

That I exist is a perpetual surprise which is life.

"We, the rustling leaves, have a voice that answers the storms, but who are you so silent?"

"I am a mere flower."

休憩之於工作，正如眼瞼之於眼睛。

人是一個初生的孩子，成長是他的力量。

上帝企盼著我們的回答，乃是因為他送給了我們花朵，而不是陽光和大地。

光明遊玩於綠葉叢中，好似一個赤裸的孩子，不知道人是可以撒謊的。

美啊，在愛中尋找你自己吧，別到你鏡子的恭維裏去尋覓。

在世界之岸，我的心隨著她的漣漪搏動，我用熱淚寫就了她的名字：「我愛你。」

「月兒啊，你在等候什麼？」

「等待向太陽致敬，因為我得給它讓路。」

綠樹長到了我的窗前，彷彿是無言的大地發出饑渴的聲音。

上帝感到自己的清晨無比新奇。

Rest belongs to the work as the eyelids to the eyes.

Man is a born child, his power is the power of growth.

God expects answers for the flowers he sends us, not for the sun and the earth.

The light that plays, like a naked child, among the green leaves happily knows not that man can lie.

O beauty, find thyself in love, not in the flattery of thy mirror.

My heart beats her waves at the shore of the world and writes upon it her signature in tears with the words, "I love thee."

"Moon, for what do you wait?"

"To salute the sun for whom I must make way."

The trees come up to my window like the yearning voice of the dumb earth.

His own mornings are new surprises to God.

世界的需求使生命富裕起來，愛情的需求使之價值連城。

乾涸的河床，並不感謝它的往昔。

鳥兒願為一朵雲；

雲兒願為一隻鳥。

瀑布歌唱著：「我得到自由時，也就有了歌聲。」

我不懂這心為何靜默地忍受煎熬。

它是為了那不曾要求、不曾知曉、不曾記得的小小需求。

女人，你在料理家務的時候，你的手腳歌唱著，宛如山澗溪流歌唱著從卵石中流過。

當太陽橫穿西海時，在東方留下他最後的致意。

當你沒胃口時，不要抱怨食物。

綠樹彷彿在表示對大地的渴望，踮起腳尖，窺視天空。

Life finds its wealth by the claims of the world, and its worth by the claims of love.

The dry river-bed finds no thanks for its past.

The bird wishes it were a cloud.

The cloud wishes it were a bird.

The waterfall sings, "I find my song, when I find my freedom."

I cannot tell why this heart languishes in silence.

It is for small needs it never asks, or knows or remembers.

Woman, when you move about in your household service your limbs sing like a hill stream among its pebbles.

The sun goes to cross the western sea, leaving its last salutation to the East.

Do not blame your food because you have no appetite.

The trees, like the longings of the earth, stand a tiptoe to peep at the heaven.

你對我微笑著，沈默不語。我覺得，為了這個，我已等候很久。

水裏的魚兒沈默著，陸上的野獸喧嘩著，天上的鳥兒歌唱著。

然而，人類卻兼有大海的沈默、大地的喧鬧和天空的樂曲。

世界在纏綿的心弦上跑過，奏出憂傷的音樂。

他把自己的武器當做他的上帝。

當武器勝利之時，他自己卻失敗了。

上帝從創造中找到了自己。

影子蒙上她的面紗，悄悄地，溫柔地，用她沈默的愛的腳步，跟在"光"之後。

群星毫不畏懼自己看似螢火蟲。

感謝上帝，我不是一個權力的車輪，而是被壓在它下面的一個生靈。

You smiled and talked to me of nothing and I felt that for this I had been waiting long.

The fish in the water is silent, the animal on the earth is noisy, the bird in the air is singing. But Man has in him the silence of the sea, the noise of the earth and the music of the air.

The world rushes on over the strings of the lingering heart making the music of sadness.

He has made his weapons his gods.

When his weapons win he is defeated himself.

God finds himself by creating.

Shadow, with her veil drawn, follows Light in secret meekness, with her silent steps of love.

The stars are not afraid to appear like fireflies.

I thank thee that I am none of the wheels of power but I am one with the living creatures that are crushed by it.

這意念是犀利的，不是開闊的，它執著於每一點，卻並不動彈。

你的偶像消散在塵埃中，這足以證明神的塵埃比你的偶像還偉大。

人類不能在他的歷史中表現自我，只能在這中間掙扎著向前。

玻璃燈責備瓦燈叫他表兄。但月亮出來時，玻璃燈卻溫柔一笑，叫月亮：「我親愛的，親愛的姐姐。」

如海鷗與波濤相遇一般，我們邂逅了，靠近了。海鷗飛散，波濤滾滾而逝，我們也分別了。

我的白晝已經完了，我就像一隻停泊在海灘上的小船，聆聽著晚潮奏起的舞曲。

生命是上天賦予的，我們惟有獻出生命，才能真正得到它。

我們最謙卑時，才最接近偉大。

The mind, sharp but not broad, sticks at every point but does not move.

Your idol is shattered in the dust to prove that god's dust is greater than your idol.

Man does not reveal himself in his history, he struggles up through it.

While the glass lamp rebukes the earthen for calling it cousin, the moon rises, and the glass lamp, with a bland smile, calls her, "My dear, dear sister."

Like the meeting of the seagulls and the waves we meet and come near.

The seagulls fly off, the waves roll away and we depart.

My day is done, and I am like a boat drawn on the beach, listening to the dance music of the tide in the evening.

Life is given to us, we earn it by giving it.

We come nearest to the great when we are great in humility.

麻雀為孔雀擔憂，因為它不得不負擔著碩大的尾翎。

絕不要害怕"剎那"——永恆之聲如此歌唱著。

颶風在絕路中尋找捷徑，又突然地在"無影之國"終止了它的尋覓。

快在我的杯中飲了我的酒吧，朋友。

若是倒入別人的杯裏，這酒激蕩的泡沫便要消失了。

"完美"為了對"不完美"示愛，把自己裝扮得美麗之極。

上帝對人類說："我治癒你，所以才傷害你；我愛你，所以才懲罰你。"

感謝火焰的光明，但是別忘了執燈人，他正堅忍地站在黑暗之中。

小草啊，你的足跡雖小，然而你卻擁有腳下的土地。

小花綻放出蓓蕾，高喊著："親愛的世界啊，請不要凋零。"

The sparrow is sorry for the peacock at the burden of its tail.

Never be afraid of the moments—thus sings the voice of the everlasting.

The hurricane seeks the shortest road by the no-road, and suddenly ends its search in the Nowhere.

Take my wine in my own cup, friend.

It loses its wreath of foam when poured into that of others.

The perfect decks itself in beauty for the love of the imperfect.

God says to man,"I heal you therefore I hurt, love you therefore punish."

Thank the flame for its light, but do not forget the lampholder standing in the shade with constancy of patience.

Tiny grass, your steps are small, but you possess the earth under your tread.

The infant flower opens its bud and cries,"Dear world, please do not fade."

上帝對於龐大的王國逐漸心生厭惡，但從不厭惡那小小的花朵。

謬誤經不起失敗，但真理卻不怕失敗。

瀑布歌唱道：「儘管口渴者只需要少量的水，我卻愉快地獻出了全部的水。」

把這些花朵拋擲上去的那種無盡的喜悅，其源泉在哪裡？

樵夫用斧頭向大樹乞求斧柄。

大樹給了他。

這孤獨的黃昏，籠罩著霧和雨，我寂寞的心感覺到了它的歎息。

貞節是一筆財富，在肥沃的愛情裏滋長。

霧，如愛情，在山峰的心上嬉戲，綻放出種種美麗的驚喜。

我們看錯了世界，反而說它欺騙了我們。

詩人的風，穿越海洋和森林，找尋它自己的歌聲。

God grows weary of great kingdoms, but never of little flowers.

Wrong cannot afford defeat but Right can.

"I am give my whole water in joy," sings the waterfall, "thought little of it is enough for the thirsty."

Where is the fountain that throws up these flowers in a ceaseless outbreak of ecstasy?

The woodcutter's axe begged for its handle from the tree.

The tree gave it.

In my solitude of heart I feel the sigh of this widowed evening veiled with mist and rain.

Chastity is a wealth that comes from abundance of love.

The mist, like love, plays upon the heart of the hills and bring out surprises of beauty.

We read the world wrong and say that it deceives us.

The poet wind is out over the sea and the forest to seek his own voice.

每一個孩子出生時都帶來了訊息——上帝對人類並未灰心失望。

小草在地上尋覓伴侶。

樹木在天空尋覓寂寞。

人類時常對自己築起堤防。

我的朋友，你的聲音飄蕩在我心裏，宛如那海水的低吟，縈繞在聆聽著的松林間。

這以繁星為其火花的隱形火焰，究竟是什麼？

那些想行善的，在外面敲著門；那些愛人的，卻看見門敞開著。

在死亡中，"眾多"合而為"一"；在生命中，"一"化為"眾多"。

上帝死時，宗教將合而為一。

藝術家是自然的情人，所以他是自然的奴隸，也是其主人。

"果實啊，你離我有多遠？"

"花兒啊，我藏在你心裏。"

Every child comes with the message that God is not yet discouraged of man.

The grass seeks her crowd in the earth.

The tree seeks his solitude of the sky.

Man barricades against himself.

Your voice, my friend, wanders in my heart, like the muffled sound of the sea among these listening pines.

What is this unseen flame of darkness whose sparks are the stars?

He who wants to do good knocks at the gate; he who loves finds the gate open.

In death the many becomes one; in life the one becomes many.

Religion will be one when God is dead.

The artist is the lover of Nature, therefore he is her slave and her master.

"How far are you from me,O fruit?"

"I am hidden in your heart, O flower!"

這渴望是為了那個能在黑夜裏感覺得到，而在白天卻無法看見的主人。

　　露珠對湖水說道：“你是在荷葉下的大露珠，我是在荷葉上的小露珠。”

　　刀鞘在保護刀的鋒利時，自己也滿足於它的駑鈍。

　　黑暗中，“一”是一體的，混沌難分，

　　光明中，“一”便呈現出不同的面貌。

　　大地有了綠草的幫助，而顯得自己殷勤好客。

　　綠葉的生死，是旋風急速的飛轉，而更廣闊的旋轉，是繁星之間的緩緩轉動。

　　權力對世界說：“你是我的。”

　　世界便把權力囚禁在自己的寶座下。

　　愛情對世界說：“我是你的。”

　　世界便讓愛情在自己的屋子裏自由出入。

This longing is for the one who is felt in the dark, but not seen in the day.

"You are the big drop of dew under the lotus leaf, I am the smaller one on its upper side," said the dewdrop to the lake.

The scabbard is content to be dull when it protects the keenness of the sword.

In darkness the One appears as uniform;

In the light the One appears as manifold.

The great earth makes herself hospitable with the help of the grass.

The birth and death of the leaves are the rapid whirls of the eddy whose wider circles move slowly among stars.

Power said to the world,"You are mine?"

The world kept it prisoner on her throne.

Love said to the world,"I am thine."

The world gave it the freedom of her house.

濃霧好似大地的希冀。

它藏起了自己哭求的太陽。

安靜些吧，我的心，這些參天大樹都是祈禱者啊！

"剎那"的喧囂，嘲弄著"永恆"的音樂。

我想起了那些漂流在生、愛和死的溪流上的其他時代，它們已被遺忘，我感到了離開塵世的自由。

我靈魂的憂傷是新娘的面紗，

等候著在午夜被掀開。

死之烙印將價值賦予生之硬幣，使其可以用生命來購買那些真正寶貴的東西。

白雲謙遜地站在天之一隅。

晨光冠之以輝煌。

泥土飽受侮辱，卻以花朵作為回報。

The mist is like the earth's desire.

It hides the sun for whom she cries.

Be still, my heart, these great trees are prayers.

The noise of the moment scoffs at the music of the Eternal.

I think of other ages that floated upon the stream of life and love and death and are forgotten, and I feel the freedom of passing away.

The sadness of my soul is her bride's veil.

It waits to be lifted in the night.

Death's stamp gives value to the coin of life; making it possible to buy with life what is truly precious.

The cloud stood humbly in a corner of the sky.

The morning crowned it with splendour.

The dust receives insult and in return offers her flowers.

儘管走過去，不必為了採集花朵而徘徊，因為美麗的花兒會一路開放。

　　根是地下的枝。

　　枝是空中的根。

　　逝去了的夏之曲，飄搖在秋間，尋求它舊日的巢。

　　不要把你口袋裏的功績借給你的朋友，這會侮辱他。

　　那在無名之日裏的感觸，牽繫我心，宛如綠色的苔蘚，纏繞著老樹。

　　回聲譏笑她的原聲，藉以證明她是原聲。

　　當事業有成者自吹得到了上帝的特別恩寵時，上帝卻感到羞恥。

　　我將影子投射在前方的路上，因為我有一盞還沒有燃亮的燈。

　　人們走入喧嘩的人群中，想要淹沒自己沈默的呼聲。

Do not linger to gather flowers to keep them, but walk on, for flowers will keep themselves blooming all your way.

Roots are the branches down in the earth.

Branches are roots in the air.

The music of the far-away summer flutters around the autumn seeking its former nest.

Do not insult your friend by lending him merits from your own pocket.

The touch of the nameless days clings to my heart like mosses round the old tree.

The echo mocks her origin to prove she is the original.

God is ashamed when the prosperous boasts of his special favour.

I cast my own shadow upon my path, because I have a lamp that has not been lighted.

Man goes into the noisy crowed to drown his own clamour of silence.

終止於枯竭的是"死亡"，而終止於無限的是"圓滿的結束"。
太陽穿上樸素的光之衣，
雲朵卻披上了絢麗的衣服。
群山如孩童般叫嚷，舉起他們的雙臂，想摘下繁星。
道路雖然熙熙攘攘，卻十分落寞，因為沒有人去愛它。
權力誇耀它的惡行，卻被飄落的黃葉與浮游的雲嘲笑。

今天大地在陽光下向我細語，像一個紡紗的婦人，用一種已被遺忘的
語言，哼唱著古老的抒情曲。
小草無愧於它所生長的偉大世界。
夢是一個喋喋不休的妻子，
睡眠是一個默默忍受的丈夫。

That which ends in exhaustion is death, but the perfect ending is in the
endless.
The sun has his simple rode of light.
The clouds are decked with gorgeousness.
The hills are like shouts of children who raise their arms, trying to catch
stars.
The road is lonely in its crowd for it is not loved.
The power that boasts of its mischiefs is laughed at by the yellow leaves
that fall, and clouds that pass by.
The earth hums to me today in the sun, like a woman at her spinning, some
ballad of the ancient time in a forgotten tongue.
The grass-blade is worthy of the great world where it grows.
Dream is a wife who must talk,
Sleep is a husband who silently suffers.

夜吻著逝去的日子，在他耳旁低語著："我是死亡，是你的母親。我來賦予你新生。"

黑夜啊，我感覺到你的美了，你的美猶如一個熄燈之後的可愛婦人。我把那些已逝去的塵世繁榮帶到我的世界中。

親愛的朋友啊，當我靜靜地聽著濤聲時，我感覺到了你偉大思想的沈默，就在暮色深沉的海灘上。

鳥以為把魚抓在空中是一種善行。

黑夜對太陽說："在月光下，你把你的情書送給了我；在草地上，我已帶著斑斑淚痕回答你了。"

"偉大"是個天生的孩子；

當他死時，他把他偉大的孩提時代給了這個世界。

不是槌的打擊，而是水的歌舞，使得鵝卵石臻於完美。

The night kisses the fading day whispering to his ear,"I am death, your mother. I am to give you fresh birth."

I feel the beauty, dark night, like that of the loved woman when she has put out the lamp.

I carry in my world that flourishes the worlds that have failed.

Dear friend, I feel the silence of your great thoughts of many a deepening eventide on this beach when I listen to these waves.

The bird thinks it is an act of kindness to give the fish a life in the air.

"In the moon thou sendest thy love letters to me?" said the night to the sun,"I leave my answers in tears upon the grass."

The Great is a born child;

when he dies he gives his great childhood to the world.

Not hammer-strokes, but dance of the water sings the pebbles into perfection.

蜜蜂在花叢中採蜜，離開時低語道謝。

花哨的蝴蝶卻相信花兒應當向它致謝。

當你不想說出完全的真理時，暢所欲言是輕而易舉的。

"可能"問"不可能"：

"你住在哪裡？"

它回答道："在那無能者的夢境裏。"

如果你把所有的錯誤拒之門外，那麼真理也會被關在外面。

我聽見在我憂鬱的心後面有東西在沙沙作響——可我看不見它們。

富含活力的閒暇就是工作；

海水的靜止擺動成浪濤。

綠葉戀愛時便成了花朵。

花兒仰慕時便成了果實。

Bees sip honey from flowers and hum their thanks when they leave.

The gaudy butterfly is sure that the flowers owe thanks to him.

To be outspoken is easy when you do not wait to speak the complete truth.

Asks the Possible to the Impossible,

"Where is your dwelling place?"

"In the dreams of the impotent" comes the answer.

If you shut your door to all errors, truth will be shut out.

I hear some rustle of things behind my sadness of heart — I cannot see them.

Leisure in its activity is work.

The stillness of the sea stirs in waves.

The leaf becomes flower when it loves.

The flower becomes fruit when it worships.

樹根讓樹枝長出了果實，卻不計回報。

飄雨的黃昏，不停地吹著風。

我望著搖曳的樹枝，思索著萬物的偉大。

子夜的暴風雪，像一個巨大的孩子，在不合時宜的黑夜中醒來，開始遊戲和喧鬧。

海啊，你這暴風雨寂寞的新娘啊，你雖然捲起波浪去追隨你的情人，卻徒勞無功。

言語對工作說："我羞愧於我的空虛。"

工作對言語說："我一看見你，就知道自己是怎樣的貧乏了。"

時間是變化的財富，然而時鐘拙劣地模仿它，只有變化，而沒有財富。

"真理"穿上衣裳，發現"事實"太過矜持，在想像中，她行動自如。

The roots below the earth claim no rewards for making the branches fruitful.

This rainy evening the wind is restless.

I look at the swaying branches and ponder over the greatness of all things.

Storm of midnight, like a giant child awakened in the untimely dark, has begun to play and shout.

Thou raisest thy waves vainly to follow the lover, O sea, thou lonely bride of thy storm.

"I am ashamed of my emptiness," said the Word to the Work.

"I know how poor I am when I see you," said the Work to the Word.

Time is the wealth of change, but the clock in its parody makes it mere change and no wealth.

Truth in her dress finds facts too tight. In fiction she moves with ease.

當我四處旅行時，
路啊，我厭倦了你；
可現在，當你帶著我去各處時，
我就愛上了你，與你結婚了。

讓我設想一下，繁星中有一顆星，引導我的生命去穿越那未知的黑暗。

女人，你用你優雅的手指，觸摸我的器物，於是秩序便如音樂似的傾瀉出來。

一個憂鬱的聲音，築巢在似水年華中。

它在夜裏向我歌唱：「我曾那麼愛你。」

熊熊的烈火，用它的炙熱警告我走開。

把我從隱藏在灰中的餘燼裏救出來吧！

我擁有天上的繁星，

When I travelled to here and to there,
I was tired of thee, O road,
but now when thou leadest me to everywhere,
I am wedded to thee in love.

Let me think that there is one among those stars that guides my life through the dark unknown.

Woman, with the grace of your fingers you touched my things and order came out like music.

One sad voice has its nest among the ruins of the years.

It sings to me in the night, "I loved you."

The flaming fire warns me off by its own glow.

Save me from the dying embers hidden under ashes.

I have my stars in the sky.

但是，唉，我屋裏的小燈卻沒有亮。

那逝去的文字的塵埃附著在你身上。

用沈默洗滌你的靈魂吧！

生命中留了許多間隙，從中傳來死亡的傷感樂曲。

世界在清晨敞開了它的光明之心。

出來吧，我的心，帶著你的愛去和它交融。

我的思想隨著這些閃亮的綠葉而閃耀著；我的心伴著陽光的撫摸而歡唱；我的生命因與萬物一同遨遊在空間的湛藍、時間的墨黑中而感到歡喜。

上帝的神威在溫柔的輕風裏，而不在狂風暴雨中。

這只是一個夢，萬物放蕩不羈，壓迫著我。

但我醒來時，我將覺得這些都已聚集在你那裏，

落日問道："有誰可以承擔我的責任呢？"

瓦燈說道："我要盡我所能去做，我的主人。"

But, oh, for my little lamp unlit in my house.

The dust of the dead words clings to thee.

Wash thy soul with silence.

Gaps are left in life through which comes the sad music of death.

The world has opened its heart of light in the morning.

Come out, my heart, with thy love to meet it.

My thoughts shimmer with these shimmering leaves and my heart sings with the touch of this sunlight; my life is glad to be floating with all things into the blue of space, into the dark of time.

God's great power is in the gentle breeze, not in the storm.

This is a dream in which things are all loose and they oppress.

I shall find them gathered in thee when I awake and shall be free.

"Who is there to take up my duties?" asked the setting sun.

"I shall do what I can, my master," said the earthen lamp.

摘下花瓣，並不能得到花的美麗。

沈默蘊涵著言語，宛如鳥巢懷抱著睡鳥。

"大" 不怕與 "小" 同行。

"中" 卻避而遠之。

黑夜悄悄地綻放花朵，卻讓白天去接受謝意。

權力認為犧牲者的苦惱是忘恩負義。

當我們以我們的充實為樂時，我們便能愉快地放棄我們的果實。

雨點吻著大地，低語著："我們是你想家的孩子，母親，現在從天上回到你身邊了。"

蛛網假裝要擒住露珠，卻逮住了蒼蠅。

愛情啊，當你手裏拿著燃起的苦痛之燈走來時，我看見你的臉，而且以你為幸福。

螢火蟲對繁星說："學者們說你的光明總有一天會消失。"

By plucking her petals you do not gather the beauty of the flower.

Silence will carry your voice like the nest that holds the sleeping birds.

The Great walks with the Small without fear.

The Middling keeps aloof.

The night opens the flowers in secret and allows the day to get thanks.

Power takes as ingratitude the writhings of its victims.

When we rejoice in our fullness, then we can part with our fruits with joy.

The raindrops kissed the earth and whispered, "We are thy homesick children, mother, come back to thee from the heaven."

The cobweb pretends to catch dewdrops and catches flies.

Love! when you come with the burning lamp of pain in your hand, I can see your face and know you as bliss.

"The leaned say that your lights will one day be no more," said the firefly to the stars.

繁星不予回答。

在黃昏的暮色中，拂曉的鳥兒來到了我沈默的窩裏。

思想掠過我的心頭，像一群野鴨飛過天空。

我聽到它們展翅的聲音.

溝渠總是認為：河流的存在，只為供給它水流。

世界以它的痛苦吻著我的靈魂，要求我用歌聲作為回報。

壓迫著我的，到底是我那想要出走的靈魂，還是那輕敲我的心扉、想要進來的塵世之魂呢？

思想以獨有的語言餵養了自己，從而茁壯成長。

我把我心之缽輕輕浸入這沈默的時刻中，它盛滿了愛。

或者你在工作，或者你沒有。

當你不得不說：“讓我們做些事吧！”這時，惡作劇就要滋生了。

The stars made no answer.

In the dusk of the evening the bird of some early dawn comes to the nest of my silence.

Thoughts pass in my mind like flocks of ducks in the sky.

I hear the voice of their wings.

The canal loves to think that rivers exist solely to supply it with water.

The world has kissed my soul with its pain, asking for its return in songs.

That which oppresses me, is it my soul trying to come out in the open, or the soul of the world knocking at my heart for its entrance?

Thought feeds itself with its own words and grows.

I have dipped the vessel of my heart into this silent hour; it has filled with love.

Either you have work or you have not.

When you have to say, "Let us do something" then begins mischief.

向日葵羞於把無名的花朵看做它的同胞。

太陽升上來了，向無名花微笑，說道：「你好嗎，我的寶貝兒？」

「誰如命運似的鞭策我前進呢？」

「是我自己，在身後大步向前走著。」

雲把水倒入河流的杯盞裏，自己反而藏身於遠山中。

我一路走來，水從我的瓶中溢了出來。到家時，水只剩下了一點點。

杯中的水熠熠閃爍；海中的水卻漆黑無邊。

渺小的真理可以用文字講明白，而偉大的真理卻保持沈默。

你的微笑是你自己花園裏的花朵，你的談吐是你自己青山上的松濤；但是你的心啊，卻是那個我們都熟知的女人。

我把小禮物留給我愛的人——大禮物卻留給所有人。

The sunflower blushed to own the nameless flower as her kin.

The sun rose and smiled on it, saying, "Are you well, my darling?"

"Who drives me forward like fate?"

"The myself striding on my back."

The clouds fill the water cups of the river, hiding themselves in the distant hills.

I spill water from my water-jar as I walk on my way, very little remains for my home.

The water in a vessel is sparkling; the water in the sea is dark.

The small truth has words that are clear; the great truth has great silence.

Your smile was the flowers of your own fields, your talk was the rustle of your own mountain pines, but your heart was the woman that we all know.

It is the little things that I leave behind for my loved ones— great things are for everyone.

女人啊，你用淚海環繞著世界的心，就像大海環繞著大地。

太陽微笑著向我致意。

雨，他憂傷的姐妹，向我的心傾訴衷曲。

我的白晝之花，凋謝了它那被遺忘的花瓣。

黃昏中，它成熟為一顆記憶的金色果實。

我就像那夜間的小徑，正側耳傾聽著回憶的足音。

對我來說，黃昏的天，像一扇螢窗，一盞明燈，背後隱藏著等候。

急於行善的人，反而找不到時間行善。

我是秋天的雲，空空無雨，但在成熟的稻田裏，可以看見我的充實。

他們憤世嫉俗，他們殘酷殺戮，人類反而讚揚他們。

Woman, thou hast encircled the world's heart with the depth of thy tears as the sea has the earth.

The sunshine greets me with a smile.

The rain, his sad sister, talks to my heart.

My flower of the day dropped its petals forgotten.

In the evening it ripens into a golden fruit of memory.

I am like the road in the night listening to the footfalls of its memories in silence.

The evening sky to me is like a window, and a lighted lamp, and a waiting behind it.

He who is too busy doing good finds no time to be good.

I am the autumn cloud, empty of rain, see my fullness in the field of ripened rice.

They hated and killed and men praised them.

然而上帝卻羞愧地急忙把他的回憶埋藏在青草下面。

腳趾是捨棄過往的手指。

黑暗向光明靠近，但盲者卻向死亡靠近。

小狗懷疑宇宙密謀篡奪它的地位。

靜坐吧，我的心，不要揚起你的灰塵。

讓世界自己尋找通向你的路。

弓對即將離弦的箭低語道：「你的自由就是我的自由。」

女人，在你的笑聲裏有著生命之泉的樂章。

滿是理智的思想，有如一柄全是鋒刃的刀。

它讓使用它的人手上流血。

上帝愛人間的燈火甚於他自己的巨星。

這世界是被優美的音樂所馴服了的狂風暴雨的世界。

But god in shame hastens to hide its memory under the green grass.

Toes are the fingers that have forsaken their past.

Darkness travels towards light, but blindness towards death.

The pet dog suspects the universe for scheming to take its place.

Sit still, my heart, do not raise your dust.

Let the world find its way to you.

The bow whispers to the arrow before it speeds forth— "Your freedom is mine."

Woman, in your laughter you have the music of the fountain of life.

A mind all logic is like a knife all blade.

It makes the hand bleed that uses it.

God loves man's lamp-lights better than his own great stars.

This world is the world of wild storms kept tame with the music of beauty.

晚霞對落日說：「被你親吻後，我的心好像那黃金寶箱。」

接觸也許會讓你受傷；遠離也許會獨善其身。

蟋蟀的唧啾，夜雨的啪嗒，穿越黑暗傳至我耳邊，彷彿我逝去的青春驀地來到我的夢境中。

花兒對著繁星落盡的晨空哭喊：「我的露珠全丟了。」

燃燒著的木材發出熊熊火焰，喊道：「這是我的花兒，我的死亡。」

黃蜂認為鄰居蜜蜂的蜂巢太小。

它的鄰人要它去造一個更小的。

河岸對河流說：「我留不住你的浪花，就讓我把你的足跡留在心裏吧！」

白晝，以及這小小星球的喧囂，淹沒了整個宇宙的沈默。

"My heart is like the golden basket of thy kiss," said the sunset cloud to the sun.

By touching you may kill, by keeping away you may possess.

The cricket's chirp and the patter of rain come to me through the dark, like the rustle of dreams from my past youth.

"I have lost my dewdrop," cries the flower to the morning sky that has lost all its stars.

The burning log bursts in flame and cries — "This is my flower, my death."

The wasp thinks that the honey-hive of the neighboring bees is too small.

His neighbours ask him to build one still smaller.

"I cannot keep your waves," says the bank to the river, "Let me keep your footprints in my heart."

The day, with the noise of this little earth, drowns the silence of all worlds.

歌聲在天空中感到了無限，圖畫在大地上感到無限，而詩，無論在空中，或是在地上都感覺無限。 因為詩的語言會舞動，詩的音韻會飛翔。

夕陽西下，清晨的東方已默默地站在面前了。

不要讓我錯置於自己的世界，也不要讓它反對我。

讚揚使我感到羞愧，因為我偷偷地乞求它。

當我無所事事時，讓我什麼也不做，不受打擾地浸入靜謐深處吧，一如海水沈默時海邊的暮色。

少女啊，你的樸實，宛如湖水的碧綠，折射出你真理的深邃。

佳物不獨來，

萬物同相攜。

上帝的右手是仁慈的，左手卻是恐怖的。

The song feels the infinite in the air, the picture in the earth, the poem in the air and the earth; for its words have meaning that walks and music that soars.

When the sun goes down to the West, the East of his morning stands before him in silence.

Let me not put myself wrongly to my world and set it against me.

Praise shames me, for I secretly beg for it.

Let my doing nothing when I have nothing to do become untroubled in its depth of peace like the evening in the seashore when the water is silent.

Maiden, your simplicity, like the blueness of the lake, reveals your depth of truth.

The best does not come alone.

It comes with the company of the all.

God's right hand is gentle, but terrible is his left hand.

我的黃昏從陌生的樹林中走來，說著晨星聽不懂的話語。

夜的漆黑是一隻口袋，迸發出黎明的金色光芒。

我們的欲望把彩虹的顏色借給那不過是雲霧的人生。

上帝等候著，要把原是屬於自己的花朵，當做禮物從人類的手中贏回去。

我的憂思纏繞著我，問我它自己的名字。

果實的貢獻是珍貴的，花兒的貢獻是甜美的；但是讓我作綠葉的貢獻吧，謙遜地、專心地垂著綠蔭吧！

我的心向著旋風張開了帆，要到任何一個陰涼之島去。

獨夫們是殘暴的，但人民卻是善良的。

把我當做你的杯盞吧，讓我為了你，為了你的所有而盛滿水吧！

狂風暴雨彷彿是某個天神被大地拒絕了愛情，在痛苦中哀號。

My evening came among the alien trees and spoke in a language which my morning stars did not know.

Night's darkness is a bag that bursts with the gold of the dawn.

Our desire lends the colours of the rainbow to the mere mists and vapours of life.

God waits to win back his own flowers as gifts from man's hands.

My sad thoughts tease me asking me their own names.

The service of the fruit is precious, the service of the flower is sweet, but let my service be the service of the leaves in its shade of humble devotion.

My heart has spread its sails to the idle winds for the shadowy island of anywhere.

Men are cruel, but Man is kind.

Make me thy cup and let my fullness be for thee and for thine.

The storm is like the cry of some god in pain whose love the earth refuses.

世界不會溢漏，因為死亡並不是一道裂紋。

生命因為付出過愛情而更為豐裕。

我的朋友，你偉大的心閃現出東方旭日的光芒，一如黎明中一座積雪的孤峰。

死之泉，使生命的止水流動。

那些擁有萬物而沒有您的人，我的上帝，在嘲笑著那些一無所有而只有您的人呢！

生命的躍動在它自己的樂曲裏得到了休息。

踢腳只能從地上揚起灰塵，而無法從泥土中得到收穫。

我們的名字，是黑夜裏波浪上射出的光，不留痕跡就消失了。

讓僅僅看到花刺的人也睜大眼睛看到玫瑰吧！

把黃金繫在鳥翅上，鳥兒將永遠不能翱翔於天際。

故鄉的荷花在這陌生的水域綻放了，同樣的醇美，只是換了個名字。

The world does not leak because death is not a crack.

Life has become richer by the love that has been lost.

My friend, your great heart shone with the sunrise of the East like the snowy summit of a lonely hill in the dawn.

The fountain of death makes the still water of life play.

Those who have everything but thee, my God, laugh at those who have nothing but thyself.

The movement of life has its rest in its own music.

Kicks only raise dust and not crops from the earth.

Our names are the light that glows on the sea waves at night and then dies without leaving its signature.

Let him only see the thorns who has eyes to see the rose.

Set the bird's wings with gold and it will never again soar in the sky.

The same lotus of our clime blooms here in the alien water with the same sweetness, under another name.

在心的遠景裏，距離顯得更為寬廣。

月兒把她的光亮灑遍天宇，卻把她的黑點留給了自己。

不要說"這是清晨"，然後用一個"昨天"的名詞來摒棄它。

初次見它，把它當做還沒有名字的新生兒吧！

煙霧向天空誇口，灰燼向大地誇口，都說自己是火的兄弟。

雨滴對茉莉花低語："把我永遠刻在你心上吧！"

茉莉花歎息一聲，飄落到了地上。

羞怯的思想啊，不要怕我。

我是一個詩人。

在我朦朧沈默的心裏，似乎充滿了蟋蟀的鳴唱——那灰色的曙光之音。

火箭啊，你對繁星的侮辱，又跟著你自己回到了地面。

In heart's perspective the distance looms large.

The moon has her light all over the sky, her dark spots to herself.

Do not say, "It is morning," and dismiss it with a name of yesterday.

See it for the first time as a newborn child that has no name.

Smoke boasts to the sky, and Ashes to the earth, that they are brothers to the fire.

The raindrop whispered to the jasmine, "Keep me in your heart for ever."

The jasmine sighed, "Alas," and dropped to the ground.

Timid thoughts, do not be afraid of me.

I am a poet.

The dim silence of my mind seems filled with crickets' chirp — the grey twilight of sound.

Rockets, your insult to the stars follows yourself back to the earth.

您曾經引導著我，穿過白天擁擠不堪的旅程，來到黃昏的落寞之境。

在夜的寂靜裏，我等待著它的意義。

生命如橫越大海，我們都相聚在這小船上。

死時，我們便到了岸，各去各的世界。

真理之溪從它錯誤的河道裏流過。

今天，我的心想家了，在想著那橫渡時間之海的甜蜜一刻。

鳥鳴是曙光返回大地的回聲。

晨光問金鳳花道：「你是否不屑和我親吻？」

小花問道：「太陽啊，我要怎樣對你歌唱，怎樣崇拜你呢？」

太陽回答：「只要用你簡單而純潔的沈默。」

當人類是野獸時，他比野獸更糟糕。

烏雲被光明親吻時，就成了天上的花朵。

Thou hast led me through my crowded travels of the day to my evening's loneliness.

I wait for its meaning through the stillness of the night.

This life is the crossing of a sea, where we meet in the same narrow ship. In death we reach the shore and go to our different worlds.

The stream of truth flows through its channels of mistakes.

My heart is homesick today for the one sweet hour across the sea of time.

The bird-song is the echo of the morning light back from the earth.

"Are you too proud to kiss me?" the morning light asks the buttercup.

"How may I sing to thee and worship, O sun?" asked the little flower.

"By the simple silence of thy purity," answered the sun.

Man is worse than an animal when he is an animal.

Dark clouds become heaven's flowers when kissed by light.

不要讓劍刃嘲笑它劍柄的駑鈍。

夜的靜謐，如一盞深沉的燈，銀河便是它燃起的燈光。

死亡如大海無邊的歌聲，日夜衝擊著生命的陽光之島的四周。

花瓣似的山峰在啜飲著日光，這山難道不像一朵花嗎？

當"真實"的意思被曲解，本末被倒置時，它就成了"不真實"。

我的心啊，從世界的轉動中尋找你的美吧，就如那小舟擁有風與水的優雅一般。

眼睛不以視力而自豪，卻因它們的眼鏡而自豪。

我住在我的小天地裏，生怕它變得更小。

把我帶到您的世界裏去吧，讓我開心地失去所有的自由。

Let not the sword-blade mock its handle for being blunt.

The night's silence, like a deep lamp, is burning with the light of its milky way.

Around the sunny island of life swells day and night death's limitless song of the sea.

Is not this mountain like a flower, with its petals of hill, drinking the sunlight?

The real with its meaning read wrong and emphasis misplaced is the unreal.

Find your beauty, my heart, from the world's movement, like the boat that has the grace of the wind and the water.

The eyes are not proud of their sight but of their eyeglasses.

I live in this little world of mine and am afraid to make it the least less.

虛偽永遠不會因為生長在權力中而變成真實。

我的心，和著波浪拍岸的歌聲，渴望撫摸這個陽光燦爛的綠色世界。

路旁的青草，愛那繁星吧，那麼你的夢將會在花瓣裏實現。

讓你的音樂如一把利劍，刺穿在市井中喧囂的心吧！

這樹上顫動的葉子，如嬰兒的手指，打動了我的心。

小花躺在塵埃中。

它尋找著蝴蝶走過的路。

我在道路縱橫的世界上。

夜來臨，打開您的門，家的世界啊！

我已唱過了您的白晝之歌。

黃昏時，讓我捧著您的燈，歷經風雨飄搖的路程吧！

我不要求你來到我的屋裏。

Lift me into thy world and let me have the freedom gladly to lose my all.

The false can never grow into truth by growing in power.

My heart, with its lapping waves of song, longs to caress this green world of the sunny day.

Wayside grass, love the star, then your dreams will come out in flowers.

Let your music, like a sword, pierce the noise of the market to its heart.

The trembling leaves of this tree touch my heart like the fingers of an infant child.

The little flower lies in the dust.

It sought the path of the butterfly.

I am in the world of the roads.

The night comes, open thy gate, thou world of the home.

I have sung thy songs of the day.

In the evening let me carry thy lamp through the stormy path.

I do not ask thee into the house.

來到我無盡的孤寂裏吧，我的愛人！

死和生都屬於生命。

舉足落足都是在走路。

我已明白你在花朵與陽光裏低語的含義

——教我明白你在痛與死中的話語吧！

黑夜的花來遲了，當清晨親吻她時，她顫抖著，歎息著，凋零在地上。

在萬物的哀愁裏，我聽到了"永恆母親"的柔聲細語。

大地啊，到你岸上時，我是一個陌生人；住在你屋裏時，我是一個旅客；離開你家門時，我是一個朋友。

當我去時，讓我的思想靠近你，像那落日的餘暉，映在沈默的星空邊緣。

Come into my infinite loneliness, my lover.

Death belongs to life as birth does.

The walk is in the raising of the foot as in the laying of it down.

I have learnt the simple meaning of thy whispers in flowers and sunshine

—Teach me to know thy words in pain and death.

The night's flower was late when the morning kissed her, she shivered and sighed and dropped to the ground.

Through the sadness of all things I hear the crooning of the Eternal Mother.

I came to your shore as a stranger, I lived in your house as a guest, I leave your door as a friend, my earth.

Let my thoughts come to you, when I am gone, like the after glow of sunset at the margin of starry silence.

在我心頭點燃那休憩的黃昏之星吧，然後讓黑夜向我低語愛情。

我是黑暗中的孩子。

我從黑夜的被單裏向您伸出雙手，母親。

白天的工作結束了。讓我的臉躲在您的臂彎吧，母親。

讓我沉醉地入夢吧！

聚會的燈光，亮了很久，散會時，燈瞬間熄了。

世界啊，當我死後，請在你的靜謐中，為我留下"我曾經愛過了"這句話。

我們熱愛這個世界，才生活在這世上。

讓死者有不朽的聲名，而讓生者有不朽的愛戀。

我看見你，像半醒的嬰兒在黎明的曙光裏看見他的母親一般，微笑著睡去。

我將一次又一次地死去，以此明白生命是無窮無盡的。

Light in my heart the evening star of rest and then let the night whisper to me of love.

I am a child in the dark.

I stretch my hands through the coverlet of night for thee, Mother.

The day of work is done. Hide my face in your arms, Mother.

Let me dream.

The lamp of meeting burns long, it goes out in a moment at the parting.

One word keep for me in thy silence, O world, when I am dead, "I have loved?"

We live in this world when we love it.

Let the dead have the immortality of fame, but the living the immortality of love.

I have seen thee as the half-awakened child sees his mother in the dusk of the dawn and then smiles and sleeps again.

I shall die again and again to know that life is inexhaustible.

當我和人群一同走在路上時，我看見您在陽臺上微笑，我哼著歌，忘卻了所有的喧鬧。

　　愛就是充實的生命，一如盛滿了酒的酒杯。

　　他們點燃自己的燈，在自己的廟宇裏，吟唱自己的歌。

　　但是鳥兒卻在你的曙光中，唱著你的名字——因為你的名字就是歡樂。

　　帶我到您靜謐的中心，讓我的內心充滿歌聲吧！

　　讓他們住在自己選擇的焰火閃爍的世界裏吧！

　　我的心希冀著您的繁星，我的上帝。

　　愛的苦痛，像澎湃的大海，在我的生命裏放歌；而愛的快樂，像鳥兒在花叢中吟唱。

　　如果您願意，就熄了燈吧！

　　我將瞭解您的黑暗，而且將愛上它。

While I was passing with the crowd in the road I saw thy smile from the balcony and I sang and forgot all noise.

Love is life in its fullness like the cup with its wine.

They light their own lamps and sing their own words in their temples.

But the birds sing thy name in thine own morning light, for thy name is joy.

Lead me in the centre of thy silence to fill my heart with songs.

Let them live who choose in their own hissing world of fireworks.

My heart longs for thy stars, my God.

Love's pain sang round my life like the unplumbed sea; and love's joy sang like birds in its flowering groves.

Put out the lamp when thou wishest.

I shall know thy darkness and shall love it.

在日子的尾梢，當我站在您面前時，您將看見我的傷痕，明白我的許多創傷都已癒合。

總有一天，我將在另一個世界的晨光裏對你歌唱：「以前在地球的光裏，在人類的愛裏，我曾經見過你。」

從別的歲月裏飄進我生命中的雲朵，不再落下雨滴，也不再興起風雪，只把色彩揮灑於我落日的天空。

真理激起了反抗它的風暴，風暴則把真理的種子遍撒開來。

昨夜的風雨給今晨染上金色的和平。

真理似乎帶來了結論，而那結論卻催生了第二個真理。

有福之人，是因為他的真實比他的名譽更耀眼。

When I stand before thee at the day's end thou shalt see my scars and know that I had my wounds and also my healing.

Some day I shall sing to thee in the sunrise of some other world,"I have seen thee before in the light of the earth, in the love of man."

Clouds come floating into my life from other days no longer to shed rain or usher storm but to give colour to my sunset sky.

Truth raises against itself the storm that scatters its seeds broadcast.

The storm of the last night has crowned this morning with golden peace.

Truth seems to come with its final word, and the final word gives birth to its next.

Blessed is he whose fame does not outshine his truth.

您名字的甜蜜充溢著我的心，而我忘卻了自己的名字——就像您的旭日升起時，那霧氣就消散了。

靜謐的黑夜有著母親的美麗，而喧嘩的白天有著孩童的美麗。

人類微笑時，世界愛他。人類大笑時，世界便怕他。

上帝等候著人類在智慧中重獲童年。

讓我感覺這世界是由您的愛構築的吧，那麼，我的愛也會有所幫助。

您的陽光對我心裏的嚴冬微笑，從不懷疑它春天的花朵。

上帝在愛中吻著“有限”，而人類卻吻著“無限”。

您穿越歲月的貧瘠沙漠，抵達了圓滿的瞬間。

上帝的靜謐使人的思想成熟為語言。

Sweetness of thy name fills my heart when I forget mine—like thy morning sun when the mist is melted.

The silent night has the beauty of the mother and the clamorous day of the child.

The world loved man when he smiled. The world became afraid of him when he laughed.

God waits for man to regain his childhood in wisdom.

Let me feel this world as thy love taking form, then my love will help it.

Thy sunshine smiles upon the winter days of my heart, never doubting of its spring flowers.

God kisses the finite in his love and man the infinite.

Thou crossest desert lands of barren years to reach the moment of fulfillment.

God's silence ripens man's thoughts into speech.

"永恆的旅客"啊，你將在我的吟唱中找到你的足跡。

讓我不使您羞辱吧，父親，您在您的孩子們身上顯出了您的榮光。

上帝的靜謐使人的思想成熟為語言。

這是慘澹的一天，光在緊蹙的雲下，像一個被處罰的孩子，蒼白的臉上綴著淚珠；風的哀號，像一個受傷世界的啼哭。但是我知道，我正跋涉著去見我的朋友。

今晚，棕櫚葉亂舞，海面澎湃，滿月呵，就像世界的心悸。您在您的沈默裏，從未知的天空，帶來了愛的痛苦秘密嗎？

我夢見一顆星，一個光明之島，在那裏我將出生。在它活潑的閒暇深處，我的生命將完成它的事業，像秋日下的稻田。

雨中濕土的氣息，正如一曲偉大的讚歌，從平凡而無聲的群眾那裏傳來。

Thou wilt find, Eternal Traveller, marks of thy footsteps across my songs.

Let me not shame thee, Father, who displayest thy glory in thy children.

God's silence ripens man's thoughts into speech.

Cheerless is the day, the light under frowning clouds is like a punished child with traces of tears on its pale cheeks, and the cry of the wind is like the cry of a wounded world. But I know I am travelling to meet my friend.

Tonight there is a stir among the palm leaves, a swell in the sea, Full Moon, like the heart-throb of the world. From what unknown sky hast thou carried in thy silence the aching secret of love?

I dream of a star, an island of light, where I shall be born and in the depth of its quickening leisure my life will ripen its works like the rice-field in the autumn sun.

The smell of the wet earth in the rain rises like a great chant of praise from the voiceless multitude of the insignificant.

"愛情會失去"這句話，是我們無法當做真理來接納的一個事實。

總有一天我們會明白，死亡永遠奪不去我們心靈的收穫。因為她所得到的，是和她自己一體的。

上帝在黃昏的暮色中，拿著我往昔的花到我這兒來。這些花在他的花籃中還保存得很新鮮。

主啊，當我生命的琴弦都被調得和諧時，你的每一次觸摸，都可以奏出愛的音樂來。

讓我真實地生活吧，我的主。這樣，死亡於我而言就變得真實了。

人類的歷史在耐心地等待著被侮辱者的勝利。

這一刻，我感到你正注視我的心，像那清晨陽光中的靜謐，落在已收穫的寂寞的田野上。

That love can ever lose is a fact that we cannot accept as truth.

We shall know some day that death can never rob us of that which our soul has gained, for her gains are one with herself.

God comes to me in the dusk of my evening with the flowers from my past kept fresh in his basket.

When all the strings of my life will be tuned, my Master, then at every touch of thine will come out the music of love.

Let me live truly, my Lord, so that death to me become true.

Man's history is waiting in patience for the triumph of the insulted man.

I feel thy gaze upon my heart this moment like the sunny silence of the morning upon the lonely field whose harvest is over.

我渴望著穿越這叫囂的、波濤洶湧的大海，到那"歌的島嶼"去。

　　夜的序曲開始於夕陽的音樂，開始於它對不可言喻的黑暗所作的莊嚴讚歌。

　　我曾登上高峰，發現在名譽暗淡貧瘠的高處，沒有一處庇護之地。我的引導者啊，在光明逝去之前，引我到寧靜的山谷裏去吧！在那裏，生命的收穫會成熟為黃金的智慧。

　　在這黃昏的朦朧裏，事物都如幻影般——尖塔的基層在黑暗裏消失了，樹頂宛如墨水的斑點。我在等待清晨，當我醒來時，會看見你那光明中的城市。

　　我曾傷痛過，也曾失望過，還曾體會過"死亡"，我很高興生長在這個偉大的世界裏。

I long for the Island of Songs across this heaving Sea of Shouts.

The prelude of the night is commenced in the music of the sunset, in its solemn hymn to the ineffable dark.

I have scaled the peak and found no shelter in fame's bleak and barren height. Lead me, my Guide, before the light fades, into the valley of quiet where life's harvest mellows into golden wisdom.

Things look fantastic in this dimness of the dusk— the spires whose bases are lost in the dark and tree tops like blots of ink.

I shall wait for the morning and wake up to see thy city in the light.

I have suffered and despaired and known death and I am glad that I am in this great world.

在我的生命中，有貧乏和沈默的地帶。它們是我忙碌的歲月得到陽光和空氣的空曠之地。

把我從不完滿的過去中解脫出來，它緊緊纏繞著我，不容我死去。

我很高興生長在這個偉大的世界裏。

讓這句話作為我的結束語吧：「我相信你的愛。」

There are tracts in my life that are bare and silent. They are the open spaces where my busy days had their light and air.

Release me from my unfulfilled past clinging to me from behind making death difficult.

I am glad that I am in this great world.

Let this be my last word, that I trust thy love.

新月集

The Crescent Moon

Who stole sleep from baby's eyes? I must know.

Clasping her pitcher to her waist mother went to fetch water from the village nearby.

It was noon. The children's playtime was over; the ducks in the pond were silent.

The shepherd boy lay asleep under the shadow of the banyan tree.

The crane stood grave and still in the swamp near the mango grove.

In the meanwhile the Sleep-stealer came and, snatching sleep from baby's eyes, flew away.

誰從嬰兒的眼中竊去了睡眠？我必須知道。

媽媽把她的水壺夾在腰間，去鄰村汲水。

正午時分。

孩童的戲耍時間已經結束；池塘裏的鴨子沈默無聲。

牧童在榕樹的樹陰下睡去了。

白鶴莊嚴而安靜地立在芒果樹旁的泥沼中。

此時，竊眠者進來，從嬰兒的眼中偷走了睡眠，飛走了。

家

　　我獨自走在穿越田地的小路上，夕陽像一個吝嗇鬼，正藏起它最後的一點金子。

　　白晝漸漸地沒入深深的黑暗之中，那收割後的田野，孤寂、沈默地躺在那裏。

　　突然，一個男孩尖銳的歌聲劃破了天空，他穿越看不見的黑暗，留下他的歌聲迴盪在靜謐的黃昏裏。

The Home

　　I paced alone on the road across the field while the sunset was hiding its last gold like a miser.

　　The daylight sank deeper and deeper into the darkness, and the widowed land, whose harvest had been reaped, lay silent.

　　Suddenly a boy's shrill voice rose into the sky. He traversed the dark unseen, leaving the track of his song across the hush of the evening.

他的家就在荒地邊緣的村落裏，穿過甘蔗園，隱匿在香蕉樹和瘦長的檳榔樹，以及椰子樹和深綠色的榴槤的陰影裏。

星光下，我獨自行走著，途中停留了片刻，看著幽暗的大地在我面前展開，正用她的雙臂擁抱著無數的家庭，在那裏有搖籃和床鋪，有母親們的心和夜晚的燈光，還有年輕的生命，自然而歡樂的，卻全然不知這歡樂對於世界的價值。

His village home lay there at the end of the waste land, beyond the sugar-cane field, hidden among the shadows of the banana and the slender areca-palm, the coconut and the dark green jack-fruit trees.

I stopped for a moment in my lonely way under the starlight, and saw spread before me the darkened earth surrounding with her arms countless homes furnished with cradles and beds, mothers? hearts and evening lamps, and young lives glad with a gladness that knows nothing of its value for the world.

海邊

孩子們相聚在無垠世界的海邊。

遼闊的穹隆在頭上靜止，不息的海水在腳下洶湧澎湃。孩子們相聚在無垠世界的海邊，歡叫著手舞足蹈。

他們用沙來築屋，玩弄著空空的貝殼。他們用落葉編成船，笑著讓它們漂浮在深海裏。孩子們在世界的海邊自娛自樂。

On The Seashore

ON the seashore of endless world children meet.

The infinite sky is motionless overhead and the restless water is boisterous. On the seashore of endless world the children meet with shouts and dances.

They build their houses with sand, and they play with empty shells. With withered leaves they weave their boats and smilingly float them on the vast deep-sea. Children have their play on the seashore of world.

他們不懂得怎麼游泳，他們不曉得怎樣撒網。採珠的人潛水尋找寶珠，商人在船上航行，孩子們卻把鵝卵石拾起又扔掉。他們不找寶藏，他們不知怎樣撒網。

大海歡笑著翻騰浪花，而海灘的微笑泛著暗淡的光。兇險的驚濤駭浪，對孩子們唱著沒有意義的曲子，彷彿母親在晃悠嬰兒入睡時哼的。大海和孩子們一同玩耍，而海灘的微笑泛著暗淡的光。

孩子們相聚在無垠世界的海邊。暴風驟雨在廣袤的天穹中怒吼，航船沉寂在無垠的大海裏，死亡臨近，孩子們卻在玩耍。在無垠世界的海邊，有著孩子們盛大的聚會。

They know not how to swim, they know not how to cast nets. Pearl-fishers dive for pearls, merchants sail in their ships, while children gather pebbles and scatter them again. They seek not for hidden treasures, they know not how to cast nets.

The sea surges up with laughter, and pale light gleams the smile of the sea-beach. Death-dealing waves sing meaningless ballads to the children, even like the lullaby while rocking her baby's cradle. The sea plays with children, and pale light gleams the smile of the sea-beach.

On the seashore of endless world children meet. Tempest roams in the pathless sky, ships are wrecked in the trackless water, death is abroad and children play. On the seashore of endless world is the great meeting of children.

起源

　　掠過嬰兒雙目的睡眠，有誰知道它來自何方？是的，傳說它來自森林陰影中，螢火蟲迷離之光照耀著的夢幻村落，在那兒懸掛著兩個靦腆而迷人的蓓蕾。它從那兒飛來，輕吻著嬰兒的雙眸。

The Source

The sleep that flits on baby's eyes, does anybody know from where it comes? Yes, there is a rumor that it has its dwelling where, in the fairy village among shadows of the forest dimly lit with glowworms, there hang two shy buds of enchantment. From there it comes to kiss baby's eyes.

當嬰兒沉睡時唇邊閃現的微笑，有誰知道它來自何方？

是的，傳說是新月那一絲青春的柔光，碰觸到將逝的秋雲邊緣，於是微笑便乍現在沐浴露珠的清晨的夢中——當嬰兒沉睡時，微笑便在他唇邊閃現。

甜美柔嫩的新鮮氣息，如花朵般綻放在嬰兒的四肢上——有誰知道它久久地藏匿在什麼地方？

是的，當媽媽還是少女時，它已在她心間，在愛的溫柔和靜謐的神秘中潛伏——甜美柔嫩的新鮮氣息，如花朵般綻放在嬰兒的四肢上。

The smile that flickers on baby's lips when he sleeps, does anybody know where it was born?

Yes, there is a rumor that a young soft beam of a crescent moon touched the edge of a vanishing autumn cloud, and there the smile was first born in the dream of a dew-washed morning —the smile that flickers on baby's lips when he sleeps.

The sweet, soft freshness that blooms on baby's limbs — does anybody know where it was hidden so long?

Yes, when the mother was a young girl it lay pervading her heart in tender and silent mystery of love — the sweet, soft freshness that has bloomed on baby's limbs.

嬰兒之道

只要嬰兒願意，此刻他便可飛上天堂。

他之所以沒有離開我們，並非沒有原因。

他喜歡把頭靠在媽媽的懷中，哪怕一刻沒見到她都不行。

嬰兒知道所有智慧的語言，儘管世上很少有人能知曉其含義。

他之所以不願說話，並非沒有原因。

他想做的事，就是要學從媽媽嘴裏說出來的話。這就是為什麼他看起來如此天真。

Baby's Way

If only baby only wanted to, he could fly up to heaven this moment.

It is not for nothing that he does not leave us.

He loves to rest his head on mother's bosom, and cannot ever bear to lose sight of her.

Baby knows all manner of wise words, though few on earth can understand their meaning.

It is not for nothing that he never wants to speak.

The one thing he wants is to learn mother's words from mother's lips. That is why he looks so innocent.

嬰兒有成堆的金銀珠寶，但他卻像個乞兒一樣來到這個世界。

他如此偽裝，並非沒有原因。

這個可愛的小乞兒裸著身子，裝做完全無助的樣子，是想乞求媽媽愛的財富。

嬰兒在纖細的新月之境，自由自在，無拘無束。

他放棄自由，並非沒有原因。

他知道在媽媽心房的小小角落裏，有著無窮的歡樂，被摟在媽媽愛的臂彎裏，其甜蜜遠勝於自由。

嬰兒從不知怎樣啼哭。

他住在極為幸福的國度裏。

他流淚，並非沒有原因。

雖然他那可愛的小臉兒上的微笑，繫著媽媽熱切的心，然而他因小小麻煩發出的啜泣，卻織成了憐惜與關愛的雙重牽絆。

Baby had a heap of gold and pearls, yet he came like a beggar on to this earth.

It is not for nothing he came in such a disguise.

This dear little naked mendicant pretends to be utterly helpless, so that he may beg for mother's wealth of love.

Baby was so free from every tie in the land of the tiny crescent moon.

It was not for nothing he gave up his freedom.

He knows that there is room for endless joy in mother's little corner of a heart, and it is sweeter far than liberty to be caught and pressed in her dear arms.

Baby never knew how to cry. He dwelt in the land of perfect bliss.

It is not for nothing he has chosen to shed tears.

Though with the smile of his dear face be draws mother's yearning heart to him, yet his little cries over tiny troubles weave the double bond of pity and love.

被忽略的盛會

啊，誰把那條小裙子染上了顏色，我的孩子，誰給你溫潤的四肢套上那件小紅衣？

你清晨出來在院子裏玩耍，你跑得搖搖晃晃跌跌撞撞。但究竟是誰把那條小裙子染上顏色的，我的孩子？

什麼事讓你大笑，我生命的小蓓蕾？

媽媽站在門口，微笑地望著你。

她拍著手，手鐲叮噹作響，你手執竹竿跳著舞，活像一個小牧童。

但究竟什麼事讓你大笑，我生命的小蓓蕾？

The Unheeded Pageant

Ah, who was it colored that little frock, my child, and covered your sweet limbs with that little red tunic?

You have come out in the morning to play in the courtyard, tottering and tumbling as you run.

But who was it colored that little frock, my child?

What is it makes you laugh, my little life-bud?

Mother smiles at you standing on the threshold.

She claps her hands and her bracelets jingle, and you dance with your bamboo stick in your hand like a tiny little shepherd.

But what is it makes you laugh, my little life-bud?

喔，小乞兒，你雙手摟著媽媽的脖子，想要些什麼？

喔，貪婪的心，要我把整個世界從天上摘下來，像摘果實那樣，把它放在你纖小的玫瑰色掌心裏嗎？

喔，小乞兒，你在乞求什麼？

風歡喜地帶走了你腳踝上的叮噹聲。

太陽微笑著，看你梳洗。

當你在媽媽臂彎裏睡覺時，天空凝視著你，晨光輕手輕腳地來到你床前，輕吻你的眼睛。

風歡喜地帶走了你腳踝上的叮噹聲。

夢中的精靈正穿越薄暮的天空向你飛來。

那世界之母藉著你媽媽的心，保留與你毗鄰的位子。

他，那個為群星奏樂的人正拿著長笛站在你窗前。

夢中的精靈正穿越薄暮的天空向你飛來。

O greedy heart, shall I pluck the world like a fruit from the sky to place it on your little rosy palm?

O beggar, what are you begging for?

The wind carries away in glee the tinkling of your anklet bells.

The sun smiles and watches your toilet.

The sky watches over you when you sleep in your mother's arms, and the morning tiptoes to your bed and kisses your eyes.

The wind carries away in glee the tinkling of your anklet bells.

The fairy mistress of dreams is coming towards you, flying through the twi-light sky.

The world-mother keeps her seat by you in your mother's heart.

He who plays his music to the stars is standing at your window with his flute.

And the fairy mistress of dreams is coming towards you, flying through the twilight sky.

竊眠者

誰從嬰兒的眼中竊去了睡眠？我必須知道。
媽媽把她的水壺夾在腰間，去鄰村汲水。

正午時分。孩童的戲耍時間已經結束；池塘裏的鴨子沈默無聲。
牧童在榕樹的樹蔭下睡去了。
白鶴莊嚴而安靜地立在芒果樹旁的泥沼中。

Sleep-Stealer

Who stole sleep from baby's eyes? I must know.

Clasping her pitcher to her waist mother went to fetch water from the village nearby.

It was noon. The children's playtime was over; the ducks in the pond were silent.

The shepherd boy lay asleep under the shadow of the banyan tree.

The crane stood grave and still in the swamp near the mango grove.

此時，竊眠者進來，從嬰兒的眼中偷走了睡眠，飛走了。

當媽媽回來時，發現嬰兒在屋裏的地板上爬著。

誰從嬰兒的眼中竊去了睡眠？我必須知道。

我一定要找到她，把她鎖起來。

我一定要去那個黑洞裏查找，在那兒，一條小溪從圓的、有皺紋的石頭中汩汩流出。

我一定要在醉花叢中氤氳的樹影裏尋找，在那兒，鴿子在它們的角落裏咕咕地叫著，精靈的腳環在繁星滿空的靜夜裏叮噹作響。

黃昏時，我睥睨著竹林呢喃的靜謐，螢火蟲在那兒揮霍著它們的光芒，我將尋問我遇到的每一個生靈：「誰能告訴我竊眠者住在哪裡？」

In the meanwhile the Sleep-stealer came and, snatching sleep from baby's eyes, flew away.

When mother came back she found baby traveling the room over on all fours.

Who stole sleep from our baby's eyes? I must know. I must find her and chain her up.

I must look into that dark cave, where, through boulders and scowling stones, trickles a tiny stream.

I must search in the drowsy shade of the bakula grove, where pigeons coo in their corner, and fairies' anklets tinkle in the stillness of starry nights.

In the evening I will peep into the whispering silence of the bamboo forest, where fireflies squander their light, and will ask every creature I meet, "Can anybody tell me where the Sleep-stealer lives?"

誰從嬰兒的眼中竊去了睡眠？我必須知道。
我一旦抓住她，
就好好教訓她一頓！
我將闖入她的窩，看看她把竊得的睡眠藏在何處。
我將奪來她的一切，帶回家。
我要牢牢鎖住她的羽翼，
把她放在河邊，
給她一根蘆葦，
讓她在燈心草和睡蓮間釣魚為戲。
黃昏，街市已經收了，
村裏的孩子們坐在媽媽的膝上，
於是夜鳥便在她耳邊譏笑著說：
"你現在要竊誰的睡眠呢？"

Who stole sleep from baby's eyes? I must know.
Shouldn't I give her a good lesson if I could only catch her!
I would raid her nest and see where she hoards all her stolen sleep.
I would plunder it all, and carry it home.

I would bind her two wings securely, set her on the bank of the river, and
then let her play at fishing with a reed among the rushes and water-lilies.

When the marketing is over in the evening, and the village children sit in
their mothers' laps, then the night birds will mockingly din her ears with:
"Whose sleep will you steal now?"

開 始

"我是從哪裡來的，你在哪裡把我撿來的？"孩子問他的媽媽。

她把孩子緊緊地摟在胸前，半哭半笑地回答道：
"你曾經是我藏在心底的心願，我的寶貝。
"你曾藏在我兒時玩的泥娃娃身上；每天早晨我用泥土塑造我的神像，那時我塑造完又捏碎的就是你。
"你曾與我們家的守護神一樣被敬奉，我敬拜家神時也就敬拜了你。
"你曾活在我一切的希望和愛裏，活在我的生命裏，活在我母親的生命裏。

The Beginning

"Where have I come from, where did you pick me up?" the baby asked its mother.

She answered half crying, half laughing, and clasping the baby to her breast, You were hidden in my heart as its desire, my darling.

You were in the dolls of my childhood's games; and when with clay I made the image of my god every morning, I made and unmade you then.

You were enshrined with our household deity, in his worship I worshipped you.

In all my hopes and my loves, in my life, in the life of my mother you have lived.

「在支配著我們家庭的不滅精神之膝上，你已經被撫育了好幾代了。」

「當我在女孩時代時，我的心如花瓣兒張開，你就像那一股散發出的花香。」

「你的溫柔在我年輕的肢體上開花了，像一道曙光在太陽出來之前劃過天空。」

「天堂裏的第一個寵兒與晨曦一同降臨，你沿著世界生命的溪流漂浮而下，終於在我的心頭停泊。」

「當我凝視你的臉時，神秘感震撼著我，原屬於一切的你，竟成了我的。」

「因為怕失去你，我把你緊緊地擁在懷裏。是什麼魔法把這世界的寶貝牽引到我這纖弱的臂膀中的呢？」

In the lap of the deathless spirit who rules our home you have been nursed for ages.

When in girlhood my heart was opening its petals, you hovered as a fragrance about it.

Your tender softness bloomed in my youthful limbs, like a glow in the sky before the sunrise.

Heaven's first darling, twin-born with the morning light, you have floated down the stream of the world's life and at last you have stranded on my heart.

As I gaze on your face, mystery overwhelms me; you who belong to all have become mine.

For fear of losing you I hold you tight to my breast. What magic has snared the world's treasure in these slender arms of mine?

孩童的世界

我願我能在我孩子自己的世界中佔一方淨土。

我知道繁星會對他私語，天空也會俯身來到他面前，用它傻傻的雲朵和彩虹來逗弄他。

那些讓人以為不會說話和看起來永不會動彈的人，帶著他們的故事和滿是明亮玩具的託盤，悄悄地爬到他的窗前。

我願我能在穿越孩子心靈的道路上旅行，擺脫所有的束縛；

在那裏，使者徒然奔走於沒有歷史的王國君主間；

在那裏，理智把她的法則當做風箏來放飛，真理也會使事實擺脫羈絆，得以自由。

Baby's World

I wish I could take a quiet corner in the heart of my baby's very own world.

I know it has stars that talk to him, and a sky that stoops down to his face to amuse him with its silly clouds and rainbows.

Those who make believe to be dumb, and look as if they never could move, come creeping to his window with their stories and with trays crowded with bright toys.

I wish I could travel by the road that crosses baby's mind, and out beyond all bounds;

Where messengers run errands for no cause between the kingdoms of kings of no history;

Where Reason makes kites of the laws and flies them, and Truth sets Fact free from its fetters.

時間和原因

當我給你彩色玩具時，我的孩子，我明白了為什麼在雲端、在水中會如此色彩斑斕，明白了為什麼花兒會被上色——當我給你彩色玩具時，我的孩子。

當我唱著歌使你翩翩起舞時，我確實明白了為什麼樹葉會哼著樂曲，為什麼海浪將其和聲傳到聆聽著的大地心中——當我唱著歌使你翩翩起舞時。

當我把糖果放到你貪婪的手中時，我明白了為什麼花杯中會有蜜汁，為什麼水果裏會神秘地蘊涵著甜美的果汁——當我把糖果放到你貪婪的手中時。

當我輕吻著你的小臉使你微笑時，我的寶貝，我確實明白了晨光中天空流淌的是怎樣的歡欣，夏日微風吹拂在我身上是怎樣的愉悅——當我輕吻著你的小臉使你微笑時。

When And Why

When I bring you colored toys, my child. I understand why there is such a play of colors on clouds, on water, and why flowers are painted in tints—when I give colored toys to you, my child.

When I sing to make you dance, I truly know why there is music in leaves, and why waves send their chorus of voices to the heart of the listening earth—when I sing to make you dance.

When I bring sweet things to your greedy hands, I know why there is honey in the cup of the flower, and why fruits are secretly filled with sweet juice—when I bring sweet things to your greedy hands.

When I kiss your face to make you smile, my darling, I surely understand what pleasure streams from the sky in morning light, and what delight the summer breeze brings to my body— when I kiss you to make you smile.

責備

為什麼你的眼中有淚水，我的孩子？
他們是多麼可惡，常常無故責備你？
你寫字時墨水弄髒了小手和小臉——這就是他們說你骯髒的原因嗎？
呸，他們敢罵滿月骯髒嗎，因為墨水也弄髒了它的臉？

Defamation

Why are those tears in your eyes, my child?
How horrid of them to be always scolding you for nothing?

You have stained your fingers and face with ink while writing — is that why they call you dirty?

O, fie! Would they dare to call the full moon dirty because it has smudged its face with ink?

他們總是為每一件小事責備你，我的孩子，他們總是平白無故地找你麻煩。

你在玩耍時不小心扯破了衣服——這就是他們說你邋遢的原因嗎？

呸，那從破碎的雲翳中露出微笑的秋之晨，他們要怎麼說呢？

別去理睬他們對你說什麼，我的孩子。

他們將你的錯誤行徑羅列了一長串。

誰都知道你特別喜歡糖果——這就是他們說你貪婪的原因嗎？

呸，那我們如此喜愛你，他們要怎麼說呢？

For every little trifle they blame you, my child. They are ready to find fault for nothing.

You tore your clothes while playing—is that why they call you untidy?

O, fie! What would they call an autumn morning that smiles through its ragged clouds?

Take no heed of what they say to you, my child.

They make a long list of your misdeeds Everybody knows how you love sweet things—is that why they call you greedy?

O, fie! What then would they call us who love you?

法官

你想說他什麼就盡情地說吧，但我瞭解我孩子的缺點。
我不是因為他好才愛他的，只是因為他是我的小寶貝。
如果你只是衡量他的優缺點，你怎會明白他是多麼的可愛？
當我必須懲罰他時，他更成為我生命中的一部分了。
當我讓他流淚時，我的心也跟著一起哭泣。
只有我才有權去責罰他，因為只有深愛他的人才可以懲戒他。

The Judge

SAY of him what you please, but I know my child's failings.

I do not love him because he is good, but because he is my little child.

How should you know how dear he can be when you try to weigh his merits against his faults?

When I must punish him he becomes all the more a part of my being.

When I cause his tears to come my heart weeps with him.

I alone have a right to blame and punish, for he only may chastise who loves.

玩具

孩子，整個早晨你那麼快樂地坐在泥土裏，玩著折斷的小樹枝兒。

我微笑著看你玩那根折斷的小樹枝兒。

我正忙著算賬，一小時一小時地累積著數字。

或許你看我一眼，想："這種無聊的遊戲，竟毀了你整個早晨！"

孩子，我已忘了一心一意玩樹枝兒與泥餅的方法了。

我尋求貴重的玩具，收集大把的金銀。

無論你找到什麼，總能創造使你快樂的遊戲，我卻把時間和精力消磨在我永遠得不到的東西上。

在我單薄的獨木舟裏，我掙扎著要橫穿欲望之海，竟忘了自己也在其中遊戲。

Playthings

Child, how happy you are sitting in the dust, playing with a broken twig all the morning.

I smile at your play with that little bit of a broken twig.

I am busy with my accounts, adding up figures by the hour.

Perhaps you glance at me and think, "What a stupid game to spoil your morning with!"

Child, I have forgotten the art of being absorbed in sticks and mud-pies.

I seek out costly playthings, and gather lumps of gold and silver.

With whatever you find you create your glad games, I spend both my time and my strength over things I can never obtain.

In my frail canoe I struggle to cross the sea of desire, and forget that I too am playing a game in it.

天文學家

我只不過說："當黃昏圓圓的滿月纏繞在曇花枝頭時，難道沒有人能捉住它嗎？"

哥哥笑著對我說："孩子啊，你真是我所見過的最傻的孩子。月亮離我們如此遠，誰能捉住它呢？"

我說："哥哥，你才傻呢！當媽媽望著窗外，微笑地俯視我們嬉戲時，你能說她離我們遠嗎？"

The Astronomer

I only said, "When in the evening the round full moon gets entangled among the branches of that Kadam tree, couldn't somebody catch it?"

But dada (elder brother) laughed at me and said, "Baby, you are the silliest child I have ever known. The moon is ever so far from us, how could anybody catch it?"

I said, "Dada how foolish you are! When mother looks out of her window and smiles down at us playing, would you call her far away?"

哥哥又說：「你這傻孩子！可是，孩子啊，你到哪裡才能找到一張大得足以捉住月亮的網呢？」

我說：「當然，你可以用雙手去捉住它呀。」

但是哥哥還是笑著說：「你真是我所見過的最傻的孩子！如果月亮近了，你就知道它有多大了。」

我說：「哥哥，你們學校裏教的真是一派胡言！當媽媽俯下臉親吻我們時，她的臉看起來也是非常大嗎？」

但哥哥還是說：「你真是個傻孩子。」

Still dada said,"You are a stupid child! But, baby, where could you find a net big enough to catch the moon with?" I said,"Surely you could catch it with your hands."

But dada laughed and said,"You are the silliest child I have known. If it came nearer, you would see how big the moon is."

I said,"Dada, what nonsense they teach at your school! When mother bends her face down to kiss us does her face look very big?" But still dada says,"You are a stupid child."

雲與浪

媽媽，那些住在雲端的人對我喊道——

"我們從早晨醒來玩到天黑。

我們與金色的曙光嬉戲，我們與皎潔的月亮嬉戲。"

我問："但是，我怎樣才能到你那裏呢？"

他們回答說："你到大地的邊緣來，對著天空舉起雙手，就會被接上雲端。"

"我媽媽在家裏等我呢，"我說，"我怎能離她而去呢？"

於是他們微笑著飄走了。

但是，媽媽，我知道一個比這個更好玩的遊戲。

我做雲，你做月亮。

我用雙手遮住你，我們的屋頂就是湛藍的天空。

Clouds And Waves

Mother, the folk who live up in the clouds call out to me—

"We play from the time we wake till the day ends.

We play with the golden dawn, we play with the silver moon."

I ask, "But, how am I to get up to you?"

They answer, "Come to the edge of the earth, lift up your hands to the sky, and you will be taken up into the clouds."

"My mother is waiting for me at home," I say. "How can I leave her and come?"

Then they smile and float away.

But I know a nicer game than that, mother. I shall be the cloud and you the moon.

I shall cover you with both my hands, and our housetop will be the blue sky.

那些住在波浪上的人對我喊道——

"我們從一早唱歌直到晚上；我們不停地前進旅行，不知將要經過什麼地方。"

我問："但是，我怎樣才能加入到你們的隊伍中呢？"

他們告訴我："來到海邊，緊閉雙眼站在那裏，你就被帶到波浪上來了。"

我說："黃昏時，媽媽常常要我待在家裏——我怎能離她而去呢？"

於是他們笑著，舞著，離去了。

但是我知道一個比這更好玩的遊戲。

我做波浪，你做陌生的岸。

我奔騰前進，大笑著撞碎在你的膝上。

世上沒有人知道我們倆在什麼地方。

The folk who live in the waves call out to me—

"We sing from morning till night; on and on we travel and know not where we pass."

I ask, "But, how am I to join you?"

They tell me, "Come to the edge of the shore and stand with your eyes tight shut and you will be carried out upon the waves."

I say, "My mother always wants me at home in the evening — how can I leave her and go?"

Then they smile, dance and pass by.

But I know a better game than that.

I will be the waves and you will be a strange shore.

I shall roll on and on, and break upon your lap with laughter.

And no one in the world will know where we both are.

金色花

如果我變成了一朵金色花，僅僅為了好玩，長在那高高的枝頭，笑著搖曳在風中，又舞動在新生的葉上，媽媽，你會認得我嗎？

你若是叫道：「寶貝，你在哪兒？」我偷偷地笑，不發出一點聲音。

我會靜靜地綻放花瓣，看著你工作。

The Champa Flower

Supposing I became a champa flower, just for fun, and grew on a branch high up that tree, and shook in the wind with laughter and danced upon the newly budded leaves, would you know me, mother?

You would call, "Baby, where are you?" and I should laugh to myself and keep quite quiet.

I should slyly open my petals and watch you at your work.

當你沐浴完畢，濕濕的頭髮散在兩肩，穿過金色花的樹影，走到你作禱告的小庭院時，你會聞到這花兒的香氣，卻不知這香氣是從我身上散發出來的。

當午飯後，你坐在窗前讀《羅摩衍那》，那棵樹的陰影落到你的頭髮與膝蓋之間，我會在你的書頁上、就在你正讀著的地方投下我的稚影。
可是你會猜到這就是你的小孩的稚影嗎？

當黃昏時，你拿著燈去牛棚，於是，我突然又落到地上，再變成你的孩子，要你講個故事給我聽。
"你去哪兒了，你這淘氣的孩子？"
"我不告訴你，媽媽。" 這便是你和我要說的話。

When after your bath, with wet hair spread on your shoulders, you walked through the shadow of the champa tree to the little court where you say your prayers, you would notice the scent of the flower, but not know that it came from me.

When after the midday meal you sat at the window reading Ramayana, and the tree's shadow fell over your hair and your lap, I should fling my wee little shadow on to the page of your book, just where you were reading,
But would you guess that it was the tiny shadow of your little child?

When in the evening you went to the cowshed with the lighted lamp in your hand, I should suddenly drop on to the earth again and be your own baby once more, and beg you to tell me a story.
"Where have you been, you naughty child?" "I won't tell you, mother."
That's what you and I would say then.

仙境

假如人們知道我的國王的宮殿在哪裡，它便會在空氣中消失。

牆壁是白銀，房頂是璀璨的黃金。

王后住在有七個庭院的宮殿裏，她戴著一串珠寶，整整值七個王國的財富。

不過，媽媽，讓我偷偷告訴你，我的國王的宮殿到底在哪裡。

就在我們的陽臺的一隅，那放著種植杜爾茜花的花盆的地方。

在遙遠的、不可逾越的七重海岸的那一邊，公主沉睡著。

除了我，世上沒有人能找到她。

Fairyland

If people came to know where my king's palace is, it would vanish into the air.

The walls are of white silver and the roof of shining gold.

The queen lives in a palace with seven courtyards, and she wears a jewel that cost all the wealth of seven kingdoms.

But let me tell you, mother, in a whisper, where my king's palace is.

It is at the corner of our terrace where the pot of the tulsi plant stands.

The princess lies sleeping on the far-away shore of the seven impassable seas.

There is none in the world who can find her but myself.

She has bracelets on her arms and pearl drops in her ears; her hair sweeps down upon the floor.

她臂上戴著鐲子，耳上懸著珍珠；她的頭髮長得拖在地板上。

當我用我的魔杖觸碰她時，她便會醒來；而當她微笑時，珠寶會從她唇邊滑落。

不過，讓我偷偷地對你耳語，媽媽；她就在我們陽臺的一隅，在那放著杜爾茜花盆的地方。

當你去河裏沐浴時，你走上屋頂的陽臺。

我就坐在那牆頭陰影聚集的角落裏。

跟我在一起的只有小貓咪，

因為它清楚故事中的理髮師居住的地方。

不過，讓我偷偷地對你耳語，媽媽，那故事裏的理髮師住在哪裡。

他居住的地方就在陽臺的一隅，在那放著杜爾茜花盆的地方。

She will wake when I touch her with my magic wand, and jewels will fall from her lips when she smiles.

But let me whisper in your ear, mother; she is there in the corner of our terrace where the pot of the tulsi plant stands.

When it is time for you to go to the river for your bath, step up to that terrace on the roof.

I sit in the corner where the shadows of the walls meet together.

Only puss is allowed to come with me, for she knows where the barber in the story lives.

But let me whisper, mother, in your ear where the barber in the story lives.

It is at the corner of the terrace where the pot of the tulsi plant stands.

流放之地

媽媽，天空中的光成了灰色；我不知道是什麼時間了。

我的遊戲挺無趣的，於是過來找你。這是星期六，我們的節日。

放下你的活兒，媽媽；靠在窗的一邊坐著，告訴我童話裏的特潘塔沙漠在哪裡？

整整一天都被雨的影子覆蓋著。

兇猛的閃電用利爪抓著天空。

當烏雲發出雷鳴的時候，我喜歡懷著恐懼緊緊依偎在你身上。

The Land Of The Exile

Mother,the light has grown grey in the sky; I do not know what the time is.

There is no fun in my play, so I have come to you. It is Saturday, our holiday.

Leave off your work, mother; sit here by the window and tell me where the desert of Tepantar in the fairy tale is.

The shadow of the rains has covered the day from end to end.

The fierce lightning is scratching the sky with its nails.

When the clouds rumble and it thunders, I love to be afraid in my heart and cling to you.

當傾盆大雨幾個小時不停地拍打著竹葉，

而我們的窗戶被狂風刮得嘎吱作響的時候，

我喜歡單獨和你坐在屋裏，媽媽，聽你講童話裏的特潘塔沙漠的故事。

它在哪裡，媽媽，在哪一個海岸上，在哪一座山腳下，在哪一個國王的疆土上？

田野上沒有籬笆來標明界線，也沒有一條穿越田野的小徑，讓村人在黃昏時走回村落，或者讓在樹林中拾乾柴的婦人將柴帶往市場。

沙漠上只有小叢小叢的黃草和一棵樹，上面有一對聰明的老鳥搭建的窩，那個地方就是特潘塔沙漠。

我能夠想像得出，在這樣一個烏雲密佈的日子，國王那年輕的兒子，怎樣獨自騎著一匹灰馬，穿越這沙漠，橫渡不知名的海洋，尋找那被巨人囚禁的公主。

When the heavy rain patters for hours on the bamboo leaves, and our windows shake and rattle at the gusts of wind, I like to sit alone in the room, mother, with you, and hear you talk about the desert of Tepantar in the fairy tale.

Where is it, mother, on the shore of what sea, at the foot of what hills, in the kingdom of what king?

There are no hedges there to mark the fields, no footpath across it by which the villages reach their village in the evening, or the woman who gathers dry sticks in the forest can bring her load to the market.

With patches of yellow grass in the sand and only one tree where the pair of wise old birds have their nest, lies the desert of Tepantar.

I can imagine how, on just such a cloudy day, the young son of the king is riding alone on a grey horse through the desert, in search of the princess who lies imprisoned in the giant's palace across that unknown water.

當雨霧在遙遠的天空下沉，閃電猶如一陣突發的痛苦痙攣出現時，他是否還記得，當他騎馬穿越童話裏的特潘塔沙漠時，他那不幸的母親被國王拋棄，正含著淚水清掃牛棚？

看，媽媽，一天還沒過去，天色幾乎都黑了，村莊那邊的路上已沒什麼遊人了。

牧童早就從牧場上回家了，人們也已從田地歸來，坐在他們屋簷下的草席上，望著陰沈的雲層。

媽媽，我把所有的書都放上書架了——現在別讓我做功課。

當我長大了，像爸爸一樣大的時候，我會掌握必須學的東西。

但是今天，請告訴我，媽媽，童話裏的特潘塔沙漠在什麼地方？

When the haze of the rain comes down in the distant sky, and lightning starts up like a sudden fit of pain, does he remember his unhappy mother, abandoned by the king, sweeping the cow-stall and wiping her eyes, while he rides through the desert of Tepantar in the fairy tale?

See, mother, it is almost dark before the day is over, and there are no travellers yonder on the village road.

The shepherd boy has gone home early from the pasture, and men have left their fields to sit on mats under the eaves of their huts, watching the scowling clouds.

Mother, I have left all my books on the shelf — do not ask me to do my lessons now.

When I grow up and am big like my father, I shall learn all that must be learnt.

But just for today, tell me, mother, where the desert of Tepantar in the fairy tale is?

雨天

喔，孩子，不要出去！

湖邊一排棕櫚樹，正把頭撞向陰沈的天空；羽毛凌亂的烏鴉，悄然棲息在羅望子的枝上，河的東岸縈繞著濃濃的憂鬱。

我們拴在籬笆上的牛正高聲鳴叫著。

喔，孩子，在這裏等著，等我把牛牽進棚裏。

The Rainy Day

Sullen clouds are gathering fast over the black fringe of the forest.

O child, do not go out!

The palm trees in a row by the lake are smiting their heads against the dismal sky; the crows with their draggled wings are silent on the tamarind branches, and the eastern back of the river is haunted by deepening gloom.

Our cow is owing loud, tied at the fence.

O child, wait here till I bring her into the stall.

人們都擠在清水流溢的田間，捉那些從漫出的池水中逃出來的魚兒；

雨水漲成了溪流，流過狹小的巷子，像一個嬉鬧的孩子從他媽媽身邊跑開，故意惹怒她似的。

聽，有人在渡口喊船夫呢。

喔，孩子，天色昏暗，渡口的渡船已經停了。

天空像疾馳在滂沱的雨中；河水暴躁地喧囂著；

女人們早已從恒河畔汲滿了水，帶著水罐匆匆回家去了。

夜晚用的燈，一定要準備好。

喔，孩子，不要出去！

去市場的大道已無人行走，去河邊的小徑很滑。

風在竹林裏咆哮掙扎著，好像一隻落入陷阱的野獸。

Men have crowed into flooded field to catch the fishes as they escape from the over lowing ponds;

the rain-water is running in rills through the narrow lanes like a laughing boy who has run away from his mother to tease her.

Listen, someone is shouting for the boatman at the ford.

O child, the daylight is dim, and the crossing at the ferry is closed.

The sky seems to ride fast upon the madly-rushing rain;

the water in the river is loud and impatient;

women have hastened home early from the Ganges with their filled pitchers.

The evening lamps must be made ready.

O child, do not go out!

The road to the market is desolate, the lane to the river is slippery.

The wind is roaring and struggling among the bamboo branches like a wild beast tangled in a net.

紙船

我每天把紙船一隻隻地放入急流中。
我在紙船上用大而黑的字寫著我的名字和我住的村名。
我企盼著住在異鄉的人會發現它們，知道我是誰。

Paper Boats

Day by day I float my paper boats one by one down the running stream.

In big black letters I write my name on them and the name of the village where I live.

I hope that someone in some strange land will find them and know who I am.

我在小船上放著花園裏長的雪麗花，希望這些在拂曉時分開放的花能在夜裏被平安地帶上岸。

我把我的紙船投進水裏，仰望天空，看見小小的雲朵正揚起鼓滿了風的白帆。

我不知道，天上的哪個玩伴把這些船送下來和我的船比賽！

夜幕降臨，我把臉埋在手臂裏，
夢見我的紙船在午夜的星空下漂浮前行。
睡仙坐在船裏，帶著滿載著夢的籃子。

I load my little boats with shiuli flowers from our garden, and hope that these blooms of the dawn will be carried safely to land in the night.

I launch my paper boats and look up into the sky and see the little clouds setting their white bulging sails.

I know not what playmate of mine in the sky sends them down the air to race with my boats!

When night comes I bury my face in my arms and dream that my paper boats float on and on under the midnight stars.

The fairies of sleep are sailing in them, and the lading is their baskets full of dreams.

水手

船夫馬杜的船在拉耿尼碼頭停泊著。

這艘船載著廢棄的黃麻,已經長久地閒置在那裏。

只要他樂意把船借給我,我會給它裝上一百隻槳,揚起五個、六個或七個風帆來。

我絕不把它駛進愚蠢的集市。

我將到仙境裏的七大洋和十三條河中航行。

The Sailor

The boat of the boatman Madhu is moored at the wharf of Rajgunj.

It is uselessly laden with jute, and has been lying there idle for ever so long.

If he would only lend me his boat, I should fill her with a hundred oars, and hoist sails, five or six or seven.

I should never steer her to stupid markets.

I should sail the seven seas and the thirteen rivers of fairyland.

但是，媽媽，不要躲在角落裏為我哭泣。
我不會像羅摩犍陀羅一樣，去森林裏，一去十四年才回來。

我將成為故事中的王子，讓我的船裝滿我喜歡的所有東西。
我將帶我的朋友阿蘇與我同行，
我們要快快樂樂地在仙境裏的七大洋和十三條河中航行。
我們將在晨曦中揚帆航行。

午間，你正在池塘裏沐浴時，我們將在一個陌生的國度中了。
我們將經過特浦尼淺灘，把特潘塔沙漠遠遠丟在我們身後。
當我們回來時，天色漸黑，我將告訴你我們所看見的一切。
我將穿越仙境裏的七大洋和十三條河。

But, mother, you won't weep for me in a corner.

I am not going into the forest like Ramachandra to come back only after fourteen years.

I shall become the prince of the story, and fill my boat with whatever I like.

I shall take my friend Ashu with me. We shall sail merrily across the seven seas and the thirteen rivers of fairyland.

We shall set sail in the early morning light.

When at noontide you are bathing at the pond, we shall be in the land of a strange king.

We shall pass the shallous of Tirpurni, and leave behind us the desert of Tepantar.

When we come back it will be getting dark, and I shall tell you of all that we have seen.

I shall cross the seven seas and the thirteen rivers of fairyland.

對岸

我渴望到那邊，到河的對岸。

在那裏，那些小船排成一行繫在竹竿上；

清晨，人們乘船到那邊去，肩上扛著鋤頭，到他們遠處的田中去耕耘。

在那邊，放牛的人趕著鳴叫的牛涉水到對岸的牧場；

黃昏時分，他們都回家了，只留下豺狼在這長滿野草的島上哀嚎。

媽媽，如果你不介意，我長大後，要當這渡船的船夫。

有人說在這個高岸的後面藏著許多古怪的池塘。

雨過後，一群群野鴨飛到那裏去，茂盛的蘆葦長滿了池塘四周，水鳥在那裏生蛋；

The Further Bank

I long to go over there to the further bank of the river.

Where those boats are tied to the bamboo poles in a line;

Where men cross over in their boats in the morning with ploughs on their shoulders to till their far-away fields;

Where the cowherds make their lowing cattle swim across to the riverside pasture;

Evenfall they all come back home in the evening, leaving the jackals to howl in the island overgrown with weeds.

Mother, if you don't mind, I should like to become the boatman of the ferryboat when I am grown up.

They say there are strange pools hidden behind that high bank.

Where flocks of wild ducks come when the rains are over, and thick reeds grow round the margins where water birds lay their eggs;

竹雞搖著會跳舞的尾巴，在潔淨的軟泥上印下它們細小的足印；

黃昏時，長草頂著白花，邀月光在它們的波浪上飄蕩。

媽媽，如果你不在意，我長大後要當這渡船的船夫。

我要從此岸到彼岸，來回擺渡，村裏所有正在沐浴的男孩女孩，都會驚奇地望著我。

太陽升到半空，清晨變為正午，我會跑到你那裏去，說：「媽媽，我餓了！」

一天結束了，影子俯伏在樹底下，我會在黃昏時回家。

我一定不會像爸爸那樣，離開你到城裏去工作。

媽媽，如果你不介意，我長大後，一定要當這渡船的船夫。

Where snipes with their dancing tails stamp their tiny footprints upon the clean soft mud;

Where in the evening the tall grasses crested with white flowers invite the moonbeam to float upon their waves.

Mother, if you don't mind, I should like to become the boatman of the ferryboat when I am grown up.

I shall cross and cross back from bank to bank, and all the boys and girls of the village will wonder at me while they are bathing.

When the sun climbs the mid sky and morning wears on to noon, I shall come running to you, saying, "Mother, I am hungry!"

When the day is done and the shadows cower under the trees, I shall come back in the dusk.

I shall never go away from you into the town to work like father.

Mother, if you don't mind, I should like to become the boatman of the ferryboat when I am grown up.

花的學校

當烏雲在天空轟鳴，六月的陣雨落下時，
濕潤的東風吹過荒野，在竹林間奏響它的風笛。
突然，成簇的花朵從無人知曉的地方跑來，在綠草上跳舞狂歡。

The Flower-school

When storm clouds ramble in the sky and June showers come down.

The moist east wind comes marching over the heath to blow its bagpipes among the bamboos.

Then crowds of flowers come out of a sudden, from nobody knows where, and dance upon the grass in wild glee.

媽媽，我真的認為那成簇的花是在地下的學校裏上學。

他們關門閉戶做功課，如果他們想在放學之前出來玩耍，他們的老師就會讓他們在牆角罰站。

一下雨，他們就放假了。

樹枝在林中交錯，葉子在狂風中簌簌作響，雷雨雲拍著它們的巨手，小花們就身穿粉的、黃的、白的衣裳，衝了出來。

你知道嗎，媽媽，他們的家是在天上，在星星居住的地方。

你沒有看見他們怎樣地急著要去那兒？你難道不知道他們為什麼那樣匆忙嗎？

當然，我可以猜出他們是為誰張開雙臂：他們也有他們的媽媽，就像我有自己的媽媽。

Mother, I really think the flowers go to school underground.

They do their lessons with doors shut, and if they want to come out to play before it is time, their master makes them stand in a corner.

When the rains come they have their holidays.

Branches clash together in the forest, and the leaves rustle in the wild wind, the thunder-clouds clap their giant hands and the flower children rush out in dresses of pink and yellow and white.

Do you know, mother, their home is in the sky, where the stars are.

Haven't you seen how eager they are to get there? Don't you know why they are in such a hurry?

Of course, I can guess to whom they raise their arms: they have their mother as I have my own.

商人

媽媽，想像一下，你待在家裏，我要去異鄉旅行。
再想像，我的船已在碼頭等待起航，船上滿載貨物。

現在，媽媽，好好想想再告訴我，我回來時要給你帶些什麼。
媽媽，你想要成堆的黃金嗎？

The Merchant

Imagine, mother, that you are to stay at home and I am to travel into strange lands.
Imagine that my boat is ready at the landing fully laden.

Now think well, mother, before you say what I shall bring for you when I come back.
Mother, do you want heaps and heaps of gold?

那麼，在黃金河的兩岸，田野裏都是金黃色的稻穀。

在林蔭道上，香柏花一朵朵地飄到地上。

我將為你而收集它們，放進數以百計的籃子裏。

媽媽，你想要大如秋天雨點的珍珠嗎？

我將到珍珠島的海岸上去。

在那裏的晨曦中，珍珠在草地的花朵上顫抖，落到草地上，被狂野的海浪一把一把地撒在沙灘上。

我將送哥哥一匹長翅膀的馬，能在雲端飛翔。

我要送爸爸一枝有魔力的筆，在他還沒察覺時，就能把字寫出來。

至於你，媽媽，我一定要送給你那個價值七個王國的首飾盒和珠寶。

There, by the banks of golden streams, fields are full of golden harvest.

And in the shade of the forest path the golden champa flowers drop on the ground.

I will gather them all for you in many hundred baskets.

Mother, do you want pearls big as the raindrops of autumn?

I shall cross to the pearl island shore.

There in the early morning light pearls tremble on the meadow flowers, pearls drop on the grass, and pearls are scattered on the sand in spray by the wild sea-waves.

My brother shall have a pair of horses with wings to fly among the clouds.

For father I shall bring a magic pen that, without his knowing, will write of itself.

For you, mother, I must have the casket and jewel that cost seven kings their kingdoms.

同 情

假如我只是一隻小狗，而不是你的小孩，親愛的媽媽，當我想吃你盤裏的東西時"你會對我說"不"嗎？

你是不是會把我趕開"對我說"滾開，你這不聽話的小狗"？

那麼走吧，媽媽，走吧！當你呼喚我時，我再也不到你那裏去了，也永遠不再要你餵我東西吃了。

如果我只是一隻綠色的小鸚鵡，而不是你的小孩，親愛的媽媽，你會把我緊緊地鎖住，怕我飛走嗎？

你是不是會對我指指點點地說："真是一個不領情的賤鳥呀！只知道整天整夜地啄它的鏈子？"

那麼走吧"媽媽，走吧！我要到樹林裏去，我絕不再讓你抱我入懷了。

Sympathy

IF I were only a little puppy, not your baby, dear mother, would you say "No" to me if I tried to eat from your dish?

Would you drive me off, saying to me, "Get away, you naughty little puppy?" Then go, mother, go! I will never come to you when you call me, and never let you feed me any more.

If I were only a little green parrot, and not your baby, mother dear, would you keep me chained lest I should fly away?

Would you shake your finger at me and say, "What an ungrateful wretch of a bird! It is gnawing at its chain day and night?"

Then, go, mother, go! I will run away into the woods, I will never let you take me in your arms again.

職業

清晨的鐘敲了十下，我沿著我們的小巷到學校去。

我每天都遇見那個小販，他叫著：＂手鐲，亮晶晶的手鐲！＂

他沒有什麼急事要做，沒有哪條街道非去不可，也沒有什麼時間非要回家。

我希望我是一個小販，整日在街上混日子，叫著：＂手鐲，亮晶晶的手鐲！＂

Vocation

WHEN the gong sounds ten in the morning and I walk to school by our lane.

Every day I meet the hawker crying, "Bangles, crystal bangles!"

There is nothing to hurry him on, there is no road he must take, no place he must go to, no time when he must come home.

I wish I were a hawker, spending my day in the road, crying, "Bangles, crystal bangles!"

下午四點，我放學回家。

我從一家門口看見一個園丁在那裏掘土。

他用他的鋤子，想怎麼挖，便怎麼挖，他的衣服落上了塵土，如果他被太陽曬黑了或是被雨淋濕了，沒有人會罵他。

我希望我是一個園丁，在花園裏掘土，沒有人來阻止我。

天一黑，媽媽就送我上床睡覺。

我從敞開的窗戶看見更夫走來走去。

小巷漆黑冷清，路燈就像一個臉上長著一隻紅眼睛的巨人立在那裏。

更夫搖著他的燈籠，他的影子隨之一起移動，他一生從沒有上床歇息過。

我希望我是一個更夫，整晚在街上行走，提了燈籠去追逐影子。

When at four in the afternoon I come back from the school.

I can see through the gate of that house the gardener digging the ground.

He does what he likes with his spade, he soils his clothes with dust, nobody takes him to task if he gets baked in the sun or gets wet.

I wish I were a gardener digging away at the garden with nobody to stop me from digging.

Just as it gets dark in the evening and my mother sends me to bed.

I can see through my open window the watchman walking up and down.

The lane is dark and lonely, and the street-lamp stands like a giant with one red eye in its head.

The watchman swings his lantern and walks with his shadow at his side, and never once goes to bed in his life.

I wish I were a watchman walking the streets all night, chasing the shadows with my lantern.

長者

媽媽，你的孩子真傻！她是如此地孩子氣！
她不知道路燈和星星的區別。
當我們玩著把石子當成食物的遊戲時，她竟以為它們是可以吃的食物，想放到嘴裏去。
當我在她面前翻開一本書，讓她學 a，b，c 時，她卻用手把書頁撕破，莫名其妙地高興地叫起來；你的孩子就是這樣做功課的。

Superior

Mother, your baby is silly! She is so absurdly childish!

She does not know the difference between the lights in the streets and the stars.

When we play at eating with pebbles, she thinks they are real food, and tries to put them into her mouth.

When I open a book before her and ask her to learn her a, b, c, she tears the leaves with her hands and roars for joy at nothing; this is your baby's way of doing her lesson.

當我生氣地對她搖搖頭，責罵她，說她調皮時，她卻哈哈大笑，覺得很有趣。

所有人都知道爸爸不在家，然而，假如我在遊戲時大叫一聲"爸爸"，她會興奮地四處張望，以為爸爸果真就在旁邊。

當我把洗衣工用來載衣服的驢子當做學生，並且警告她說，我是校長，她會無端地尖叫，叫我哥哥。

你的孩子想要捉住月亮。
她是如此有趣；她把格尼許稱為琪奴許。
媽媽，你的孩子真傻，她是如此孩子氣！

When I shake my head at her in anger and scold her and call her naughty, she laughs and thinks it great fun.

Everybody knows that father is away,but if in play I call aloud "Father," she looks about her in excitement and thinks that father is near.

When I hold my class with the donkeys that our washerman brings to carry away the clothes and I warn her that I am the schoolmaster, she will scream for no reason and call me dada. （elder brother）

Your baby wants to catch the moon.
She is so funny; she calls Ganesh Ganush.
Mother, your baby is silly, She is so absurdly childish!

小大人

　　我人很小，因為我是一個小孩，到了像我爸爸一樣的年齡時，我就會變大了。

　　我的老師會走過來說：　"時候晚了，去把你的石板和書拿來。"

　　我將告訴他：　"你難道不知道我已經和爸爸一樣大了嗎？我再也不做什麼功課了。"

　　我的老師將驚訝地說：　"他喜歡不讀書就不讀書，因為他是大人了。"

　　我給自己穿好衣裳，走到人群擁擠的集市裏去。

　　我的叔叔將會跑來說：　"你會迷路的，我的孩子；讓我牽著你。"

　　我會回答：　"你看不見嗎，叔叔，我已經和爸爸一樣大了，我得一個人去集市。"

　　叔叔將會說：　"是的，他喜歡去哪兒就去哪兒，因為他是大人了。"

The Little Big Man

I am small because I am a little child. I shall be big when I am as old as my father is.

My teacher will come and say, "It is late, bring your slate and your books."

I shall tell him, "Do you not know I am as big as father? And I must not have lessons any more."

My master will wonder and say, "He can leave his books if he likes, for he is grown up."

I shall dress myself and walk to the fair where the crowd is thick.

My uncle will come rushing up to me and say, "You will get lost, my boy; let me carry you."

I shall answer, "Can't you see, uncle, I am as big as father I must go to the fair lone."

Uncle will say, "Yes, he can go wherever he likes, for he is grown up."

當我正拿錢給我的保姆時，媽媽將從沐浴處歸來，因為我知道如何用我的鑰匙去開錢箱。

媽媽會問：「你在做什麼，淘氣的孩子？」

我會告訴她：「媽媽，你難道不知道我已經和爸爸一樣大了嗎？我得拿錢給保姆。」

媽媽將自言自語地說：「他喜歡把錢給誰就給誰，因為他是大人了。」

在十月的假期裏，爸爸將要回家，他以為我還是個小孩子，從城裏給我帶了小鞋子和小綢衫。

我會說：「爸爸，把這些東西給哥哥吧，因為我已經和你一樣大了。」

爸爸將會想一下，然後說：「他喜歡給自己買衣衫就去買，因為他是大人了。」

Mother will come from her bath when I am giving money to my nurse, for I shall know how to open the box with my key.

Mother will say, "What are you about, naughty child?"

I shall tell her, "Mother, don't you know, I am as big as father, and I must give silver to my nurse."

Mother will say to herself, "He can give money to whom he likes, for he is grown up."

In the holiday time in October father will come home and, thinking that I am still a baby, will bring for me from the town little shoes and small silken frocks.

I shall say, "Father, give them to my dada, for I am as big as you are."
Father will think and say, "He can buy his own clothes if he likes, for he is grown up."

十二點鐘

媽媽，我現在不想做功課。我已經讀了整整一上午的書了。

你說，現在才十二點鐘。就算現在沒有超過十二點吧，你就不能把剛剛十二點想成下午嗎？

我可以很容易想像出：此刻，太陽已經照到那片稻田的邊緣了，那個年邁的漁婦正在池邊採擷草葉作為她的晚餐。

我一閉上眼就能想到，馬塔爾樹下的陰影愈發深邃了，池塘裏的水看起來黝黑發亮。

如果十二點鐘能在夜晚來臨，為什麼黑夜不能在十二點鐘的時候到來呢？

The Twelve O'lock

Mother, I do want to leave off my lessons now. I have been at my book all the morning.

You say it is only twelve o'lock. Suppose it isn't any later; can't you ever think it is afternoon when it is only twelve o'lock?

I can easily imagine now that the sun has reached the edge of that rice field, and the old fisher-woman is gathering herbs for her supper by the side of the pond.

I can just shut my eyes and think that the shadows are growing darker under the madar tree, and the water in the pond looks shiny black.

If twelve o'lock can come in the night, why can't the night come when it is twelve o'lock?

作者

你說爸爸寫了很多書，可是我看不懂他寫的東西。

整個黃昏他都在讀書給你聽，可是你真的明白他的意思嗎？

媽媽，你給我們講的故事，多麼好聽啊！

我納悶，為什麼爸爸不能寫那樣的書呢？

難道他從來沒有聽過自己的媽媽講巨人、精靈和公主的故事嗎？

還是他已經把那些故事徹底遺忘了？

他經常很晚才沐浴，你還得去叫他一百多次。

你等候著，為他把飯菜保溫，但他總是繼續寫作，忘記一切。

Authorship

You say that father writes a lot of books, but what he writes I don't understand.

He was reading to you all the evening, but could you really make out what he meant?

What nice stories, mother, you can tell us! Why can't father write like that, I wonder?

Did he never hear from his own mother stories of giants and fairies and princesses?

Has he forgotten them all?

Often when he gets late for his bath you have to go and call him an hundred times.

You wait and keep his dishes warm for him, but he goes on writing and forgets.

爸爸常常視寫書為遊戲。

每當我走進爸爸的房裏去玩耍，你總會過來說我："真是個調皮的孩子啊！"

每當我稍微弄出一點聲響，你就會說："你難道沒有看見爸爸正在工作嗎？"

爸爸寫呀寫，有什麼樂趣呢？

當我拿起爸爸的鋼筆或鉛筆，像他樣在他的書上寫著：a，b，c，d，e，f，g，h，i……你為什麼對我生氣呢，媽媽？

在爸爸寫時，你從未說過一句。

當爸爸耗費了那麼一大堆紙時，媽媽，你好像一點都不在乎。

然而，如果我只拿出一張紙做一隻船，你卻說："孩子，你真煩！"

爸爸把黑黑的點子塗滿紙的兩面，浪費了許多紙，你是怎樣想的呢？

Father always plays at making books.

If ever I go to play in father's room, you come and call me,

"What a naughty child!"

If I make the slightest noise, you say, "Don't you see that father's at his work?"

What's the fun of always writing and writing?

When I take up father's pen or pencil and write upon his book just as he does,—a, b, c, d, e, f, g, h, i … why do you get cross with me then mother?

You never say a word when father writes.

When my father wastes such heap of paper, mother, you don't seem to mind at all.

But if I take only one sheet to make a boat with, you say, "Child, how troublesome you are!"

What do you think of father's sibling sheets and sheets of paper with black marks all over on both sides?

壞郵差

你為什麼坐在地板上一聲不吭，告訴我啊，親愛的媽媽？

雨從敞開的視窗飛濺進來，把你淋透了，你卻不在乎。
你聽到鐘已經敲了四下嗎？正是哥哥放學回家的時候。

究竟發生了什麼事，你看起來如此奇怪？
你今天沒有收到爸爸的信嗎？
我看見郵差的袋子裏裝了好多信，幾乎鎮上的每個人都收到信了。

The Wicked Postman

Why do you sit there on the floor so quiet and silent, tell me, mother dear?

The rain is coming in through the open window, making you all wet, and you don't mind it.

Do you hear the gong striking four? It is time for my brother to come home from school.

What has happened to you that you look so strange?

Haven't you got a letter from father today?

I saw the postman bringing letters in his bag for almost everybody in the town.

只有爸爸的信，他留給自己看。我想這個郵差是個壞人。

但是不要因此悶悶不樂，親愛的媽媽。

明天是鄰村集市的日子。你叫女僕去買些紙和筆回來。

我自己來寫爸爸該寫的每一封信；讓你找不出一點差錯。

我將從 A 一直寫到 K。

但是，媽媽，你為什麼笑？

你不相信我會寫得和爸爸一樣好！

但是我將用心畫格拉線，把所有的字母寫得又大又好看。

當我寫完後，你以為我會像爸爸那樣笨，把它放到那可惡郵差的袋子裏嗎？

我會馬上自己為你送信，然後逐字逐句地給你讀。

我知道那個郵差不願意把真正的好信送給你。

Only, father's letters he keeps to read himself. I am sure the postman is a wicked man.

But don't be unhappy about that, mother dear.

Tomorrow is market day in the next village. You ask your maid to buy some pens and papers.

I myself will write all father's letters; you will not find a single mistake.

I shall write from A right up to K.

But, mother, why do you smile?

You don't believe that I can write as nicely as father does!

But I shall rule my paper carefully, and write all the letters beautifully big.

When I finish my writing, do you think I shall be so foolish as father and drop it into the horrid postman's bag?

I shall bring it to you myself without waiting, and letter by letter help you to read my writing.

I know the postman does not like to give you the really nice letters.

英雄

媽媽，我們假設一下我們正在旅行，經過一個陌生而危險的國度。

你坐在一頂轎子裏，我騎著一匹紅馬，跟在你身旁。

黃昏時，太陽落山。暗淡的約拉迪希荒地在我們面前展開。大地貧瘠而荒涼。

你害怕地想著——"我不知道我們到了什麼地方了。"

我對你說："媽媽，不要害怕。"

草原上長滿了針尖般刺人的草，一條崎嶇的小徑穿越其間。

在這片廣袤的原野上看不見牛群；它們已經回到村子的牛棚裏了。

夜幕降臨，大地和天空一片朦朧昏暗，我們說不出我們正走向何方。

The Hero

Mother, let us imagine we are travelling, and passing through a strange and dangerous country.

You are riding in a palanquin and I am trotting by you on a red horse.

It is evening and the sun goes down. The waste of Joradighi lies wan and grey before us. The land is desolate and barren.

You are frightened and thinking — I know not where we have come to."

I say to you, "Mother, do not be afraid."

The meadow is prickly with spiky grass, and through it runs a narrow broken path."

There are no cattle to be seen in the wide field; they have gone to their village stalls.

It grows dark and dim on the land and sky, and we cannot tell where we are going.

突然，你叫我，悄悄地問我：「靠近河岸的是什麼光亮？「正在那時，一陣可怕的號叫聲傳來，一些人影向我們跑來。

你蹲在轎子裏，反覆不斷地禱告著神的名字。

轎夫們嚇得瑟瑟發抖，在荊棘叢中躲藏起來。

我向你喊著：「不要害怕，媽媽，有我在這兒。「他們手執長棒，頭髮凌亂，越來越近了。

我大喊：「小心些！你們這些壞蛋！

再往前一步，你們就等死吧！「他們又發出可怕的號叫，衝上前來。

你緊握住我的手，說：

「乖孩子，看在上天的分兒上，離他們遠些。「

「我說：「媽媽，看我的。「

於是我策馬飛奔，劍和盾互相撞擊，鏗鏘作響。

Suddenly you call me and ask me in a whisper,"What light is that near the bank?" Just then there bursts out a fearful yell, and figures come running towards us.

You sit crouched in your palanquin and repeat the names of the gods in prayer.

The bearers, shaking in terror, hide themselves in the thorny bush.

I shout to you,"Don't be afraid, mother, I am here."

With long sticks in their hands and hair all wild about their heads,
 they come nearer and nearer.

I shout,"Have a care! you villains!

One step more and you are dead men." They give another terrible yell and rush forward.

You clutch my hand and say,

"Dear boy, for heaven's sake, keep away from them."

I say,"Mother, just you watch me."

Then I spur my horse for a wild gallop, and my sword and buckler clash against each other.

這場戰鬥是多麼激烈，媽媽，如果你從轎子裏看得見，你一定會打冷戰的。

他們中有許多人逃走了，

大多數被砍成了碎片。

我知道你正獨自坐在那兒，心想，你的孩子此時肯定死了。

然而我跑到你的身旁，滿身是血，說：“媽媽，戰爭已經結束了。”

你從轎子裏走出來，吻著我，把我摟入你的懷中，自言自語地說：“如果沒有我的孩子保護著我，我真不知如何是好。”

日復一日，上千件無聊的事發生著，為什麼這種事就不能偶爾實現呢？

就像一本書裏的故事。

我哥哥會說：“這怎麼可能？我常常想，他是那麼單薄！”

我們村裏的人們都會驚訝地說：“這孩子正和他媽媽在一起，不是很幸運嗎？”

The fight becomes so fearful, mother, that it would give you a cold shudder could you see it from your palanquin.

Many of them fly, and a great number are cut to pieces.

I know you are thinking, sitting all by yourself, that your boy must be dead by this time.

But I come to you all stained with blood, and say,

“Mother, the fight is over now.”

You come out and kiss me, pressing me to your heart, and you say to yourself,

“I don't know what I should do if I hadn't my boy to escort me.”

A thousand useless things happen day after day, and why couldn't such a thing come true by chance?

It would be like a story in a book.

My brother would say, “Is it possible? I always thought he was so delicate!”

Our village people would all say in amazement, “Was it not lucky that the boy was with his mother?”

結束

是我離開的時候了，媽媽，我走了。

當清晨孤寂的破曉時分，你在幽暗中伸出雙臂，想抱起你睡在床上的孩子時，

我會說：「孩子不在那裏了！」——媽媽，我走了。

我將化為一縷清風愛撫著你；

我將化為串串漣漪，

當你沐浴時，一次次地吻著你。

在颱風的夜裏，當雨點在樹葉上滴答作響時，

你在床上將聽到我的私語，當電光從開著的窗口閃進你的屋裏時，

我的笑聲也隨之一起閃現。

The End

It is time for me to go, mother; I am going.

When in the paling darkness of the lonely dawn you stretch out your arms for your baby in the bed,

I shall say, "Baby is not there!" — mother, I am going.

I shall become a delicate draught of air and caress you; and I shall be ripples in the water when you bathe, and kiss you and kiss you again.

In the gusty night when the rain patters on the leaves you will hear my whisper in your bed, and my laughter will flash with the lightning through the open window into your room.

如果你清醒地躺在床上，在深夜仍想著你的孩子，

我將在星空對你吟唱：「睡吧！媽媽，睡吧！」

乘著四處遊移的月光，我悄悄地來到你床上，趁你睡著時，躺在你懷裏。

我將變成一個夢，從你眼皮的微縫中，滑入你的睡眠深處；當你醒來，驚奇地張望時，我就像一隻熠熠閃光的螢火蟲，向黑暗中飛去了。

普耶節時，當鄰居的孩子們來屋裏遊玩時，

我將融合在笛聲裏，終日蕩漾在你心頭。

親愛的阿姨帶了節日禮物來，

她會問著：「我們的孩子在哪裡，姐姐？」

媽媽，你要溫柔地告訴她：

「他此刻在我的眼眸裏，在我的身體裏，在我的靈魂裏。」

If you lie awake, thinking of your baby till late into the night,

I shall sing to you from the stars, "Sleep! mother, sleep." On the straying moonbeams I shall steal over your bed,

and lie upon your bosom while you sleep.

I shall become a dream, and through the little opening of your eyelids I shall slip into the depths of your sleep; and when you wake up and look round startled, like a twinkling firefly I shall flit out into the darkness.

When, on the great festival of puja, the neighbour   children come and play about the house.

I shall melt into the music of the flute and throb in your heart all day.

Dear auntie will come with puja-presents and will ask,

"Where is air baby, sister?" Mother, you will tell her softly,

"He is in the pupils of my eyes, he is in my body and in my soul."

呼喚

她離開時，夜一片漆黑，他們睡去了。

這會兒，夜也漆黑，我呼喚著她：

"回來，我的寶貝。世界在沉睡，當繁星兩兩相望時，你回來一會兒是沒有人知道的。"

她離開時，草木吐芽，春意正濃。

這會兒，花兒正怒放，我呼喚著："回來，我的寶貝。

孩子們毫無顧忌地在遊戲中把花兒聚散離合，你若回來，帶走一朵小花，沒有人會發現的。"

那些常常嬉戲的人，還在那裏玩，生命就這樣被荒廢了。

我聆聽著他們的閒聊，呼喚著："回來，我的寶貝。媽媽的心裏充滿著愛，你若回來，只從她那裏取得一個小小的吻，沒有人會妒忌的。"

The Recall

The night was dark when she went away, and they slept.

The night is dark now, and I call for her,

"Come back, my darling; the world is asleep; and no one would know, if you came for a moment while stars are gazing at stars."

She went away when the trees were in bud and the spring was young.

Now the flowers are in high bloom and I call, "Come back, my darling.

The children gather and scatter flowers in reckless sport. And if you come and take one little blossom no one will miss it." Those that used to play are playing still, so spendthrift is life.

I listen to their chatter and call, "Come back, my darling, for mother's heart is full to the brim with love, and if you come to snatch only one little kiss from her no one will grudge it."

最初的茉莉

啊，這些茉莉，這些潔白的茉莉！

我依稀記得我的雙手第一次捧滿了這些茉莉花，這些潔白的茉莉花的時候。

我曾愛那陽光，愛那天空和那綠色的大地；

我曾在漆黑的午夜聆聽那河水淙淙的呢喃；

The First Jasmines

All, these jasmines, these white jasmines!

I seem to remember the first day when I filled my hands with these jasmines, these white jasmines.

I have loved the sunlight, the sky and the green earth;

I have heard the liquid murmur of the river through the darkness of midnight;

秋日的夕陽，在荒原道路的轉彎處迎接我，好像新娘掀起她的面紗迎接她的愛人。

然而，我回憶起孩提時第一次捧在手裏的潔白茉莉，心裏充滿了甜蜜的回憶。

我平生有過許多快樂的日子，在節日盛典的夜晚，我曾與狂歡者一同大笑。

在細雨霏霏的清晨，我吟唱過許多閒散的歌謠。

我頸上也曾戴著愛人用手織就的"芭庫拉絲"黃昏花環。

然而，我回憶起孩提時第一次捧在手裏的潔白茉莉，心裏充滿了甜蜜的回憶。

Autumn sunsets have come to me at the bend of a road in the lonely waste, like a bride raising her veil to accept her lover.

Yet my memory is still sweet with the first white jasmines that I held in my hand when I was a child.

Many a glad day has come in my life, and I have laughed with merrymakers on festival nights.

On grey mornings of rain I have crooned many an idle song.

I have worn round my neck the evening wreath of bakulas woven by the hand of love.

Yet my heart is sweet with the memory of the first fresh jasmines that filled my hands when I was a child.

榕樹

　　哎，你，立在池邊的枝葉蓬亂的榕樹，你是否已經忘了那個小孩，那宛如曾在你枝頭築巢，而又離開了你的鳥兒似的小孩？

　　你還記得他怎樣坐在窗前，驚異於看到你那盤繞在地下的樹根嗎？

The banyan Tree

　　O you shaggy-headed banyan tree standing on the bank of the pond, have you forgotten the little child, like the birds that have nested in your branches and left you?

　　Do you not remember how he sat at the window and wondered at the tangle of your roots that plunged underground?

女人們常到池邊裝上滿滿一罐子水，於是，你巨大的黑影在水面上蕩漾，宛如沉睡的人要掙扎著醒過來。

　　陽光在微波上舞動，好似不能歇息片刻的梭子在編織著金黃的壁毯。
　　兩隻鴨子在水草邊遊蕩，影子在上面搖晃，孩子靜靜地坐在那裏沉思。

　　他想變成風，吹過你簌簌的枝丫；想變成你的影子，隨陽光在水面上消長；想成為一隻鳥兒，棲息在你最高的枝頭上；還想變成那兩隻鴨，在水草與影子中穿梭。

The women would come to fill their jars in the pond, and your huge black shadow would wriggle on the water like sleep struggling to wake up.

Sunlight danced on the ripples like restless tiny shuttles weaving golden tapestry.
Two ducks swam by weedy margin above their shadows, and the child would sit still and think.

He longed to be the wind and blow through your rustling branches, to be your shadow and lengthen with the day on the water, to be a bird and perch on your topmost twig, and to float like those ducks among the weeds and shadows.

祝福

祝福這顆小小的心靈，這個純潔的靈魂，他為我們的大地，贏得了上天的親吻。

他愛陽光，他愛看媽媽的臉。

他還沒學會鄙夷塵埃而追求黃金。

Benediction

Bless this little heart, this white soul that has won the kiss of heaven for our earth.

He loves the light of the sun, he loves the sight of his mother's face.

He has not learned to despise the dust, and to hanker after gold.

將他緊緊地擁抱在你的心裏，並且祝福他。

他已來到這個歧路橫生的大地上了。

我不知道他怎樣從人群中把你挑出來，來到你的門前握住你的手問路。

他緊隨著你，說著，笑著，沒有一絲疑心。

不要辜負他的信任，引導他走向正路，並且祝福他。

將你的手輕輕按在他的頭上，祈禱著：雖然下面波濤洶湧，然而從上面來的風，會揚起他的船帆，將他送到平安的港口。

不要在忙碌中把他遺忘，讓他來到你的心裏，並且祝福他。

Clasp him to your heart and bless him.

He has come into this land of an hundred crossroads.

I know not how he chose you from the crowd, came to your door, and grasped your hand to ask his way.

He will follow you, laughing and talking, and not a doubt in his heart.

Keep his trust, lead him straight and bless him.

Lay your hand on his head, and pray that though the waves underneath grow threatening, yet the breath from above may come and fill his sails and waft him to the haven of peace.

Forget him not in your hurry, let him come to your heart and bless him.

禮物

我想送你些東西，我的孩子，因為我們都在世界的溪流中漂泊。

我們的生命會被分開，我們的愛也會被遺忘。

但我卻沒有那樣傻，希望能用我的禮物來收買你的心。

你的生命正當年輕，你的路還很漫長，你飲盡我們給你的愛，就轉身離開我們了。

The Gift

I want to give you something, my child, for we are drifting in the stream of the world.

Our lives will be carried apart, and our love forgotten.

But I am not so foolish as to hope that I could buy your heart with my gifts.

Young is your life, your path long, and you drink the love we bring you at one draught and turn and run away from us.

你有你的遊戲、你的玩伴。如果你沒有時間和我們在一起，或者你不曾想到我們，那又有什麼傷害呢？

　　在我們年老時，自然會有許多閒暇時間，去細數那往昔的時光，把從我們手中永久失去的東西，放在心裏好好珍藏。

　　河水唱著歌奔流而去，衝破所有的堤防。然而山峰卻留在那裏追憶著，依依不捨地跟隨著她。

You have your play and your playmates. What harm is there if you have no time or thought for us?

We, indeed, have leisure enough in old age to count the days that are past, to cherish in our hearts what our hands have lost for ever.

The river runs swift with a song, breaking through all barriers. But the mountain stays and remembers, and follows her with his love.

我的歌

我的孩子，我這支歌將揚起悠揚的樂聲在你的身旁縈繞，猶如那熾熱的愛之臂膀。

我這支歌將撫摸著你的前額，猶如那祝福的親吻。

當你獨處時，它會坐在你身旁，在你耳邊私語；當你在人群中，它會圍繞著你，使你遠離塵囂。

我的歌將成為你夢想的羽翼，它將載著你的心到那未知的邊緣。

當黑夜遮蔽了你的路時，它又成為照耀在你頭上的忠實星光。

我的歌將佇立在你瞳孔裏，把你的視線植入萬物心中。

當我的聲音在死亡中沉寂時，我的歌仍會在你年輕的心中吟唱。

My Song

This song of mine will wind its music around you, my child, like the fond arms of love.

This song of mine will touch your forehead like a kiss of blessing.

When you are alone it will sit by your side and whisper in your ear, when you are in the crowd it will fence you about with aloofness.

My song will be like a pair of wings to your dreams, it will transport your heart to the verge of the unknown.

It will be like the faithful star overhead when dark night is over your road.

My song will sit in the pupils of your eyes, and will carry your sight into the heart of things.

And when my voice is silent in death, my song will speak in your living heart.

小小天使

　　他們喧鬧爭吵，他們猜疑失望，他們爭辯著卻總是沒有結果。讓你的生命融到他們中吧，我的孩子，就像是一束明亮的光芒，使他們歡悅而靜謐。

The Child-Angel

They clamour and fight, they doubt and despair, they know no end to their wranglings.

Let your life come amongst them like a flame of light, my child, unflickering and pure, and delight them into silence.

他們的貪婪和嫉妒是殘酷的；他們的語言，如暗藏的刀，渴望著飲血。

去，站在他們盛怒的心中，我的孩子，把你那和善的目光投到他們身上，彷彿那夜晚的寬容的和平遮蔽了白日的紛擾。

我的孩子，讓他們看看你的臉，於是他們明白了萬物的意義；讓他們愛你，於是他們能夠相愛。

來，坐在無垠的懷抱裡，我的孩子。日出時，敞開並提升你的心，像一朵盛開的花朵兒；夕陽西沈時，低下你的頭，靜靜的完成這一天的膜拜。

They are cruel in their greed and their envy, their words are like hidden knives thirsting for blood.

Go and stand amidst their scowling hearts, my child, and let your gentle eyes fall upon them like the forgiving peace of the evening over the strife of the day.

Let them see your face, my child, and thus know the meaning of all things ; let them love you and thus love each other.

Come and take your seat in the bosom of the limitless, my child. At sunrise open and raise your heart like a blossoming flower, and at sunset bend your head and in silence complete the worship of the day.

最後的交易

清晨，我走在石頭路上，叫著：「來雇用我！」
國王手執利劍乘著戰車駕臨。他抓住我的手說：「我用權勢來雇用你。」
然而他的權勢一文不值，於是，他乘著戰車離去。

炎熱的正午，家家戶戶都關門閉戶。
我漫遊在蜿蜒的小巷中。
一個老人提著一袋黃金走出來。
他思考片刻後，便說：「我用我的金錢來雇用你。」
他一個一個地數著他的金幣，但是我轉了身就離去。

The Last Bargain

"Come and hire me!" I cried, while in the morning I was walking on the stone-paved road.
Sword in hand, the King came in his chariot.
He held my hand and said, "I will hire you with my power."
But his power counted for nought, and he went away in his chariot.

In the heat of the midday the houses stood with shut doors.
I wandered along the crooked lane.
An old man came out with his bag of gold
He pondered and said, "I will hire you with my money ."
He weighed his coins one by one , but I turned away.

傍晚時，花園的籬笆上開滿了鮮花。

美麗的少女走出來說："我將用我的笑容來雇用你。"

她的笑容融入在淚水中變得黯淡沒有神采，她獨自回到黑暗中去。

陽光照在沙灘上，海浪隨意的潑濺水花。

一個孩子坐在那裡玩著貝殼。

他抬起頭，好像認識我一樣，說："我雇用你，什麼都不用。"

然後，在這個孩子的遊戲中完成的交易，讓我成了一個自由的人。

It was evening. The garden hedge was all flower.

The fair maid came out and said, "I will hire you with a smile."

Her smile paled and melted into tears, and she went back alone into the dark.

The sun glistened on the sand, and the sea waves broke waywardly.

A child sat playing with shells.

He raised his head and seemed to know me, and said, "I hire you with nothing."

From thenceforward that bargain struck in child's play made me a free man.

流螢集

Flying Fire

Spring scatters the petals of flowers that are not for the fruits of the future, but for the moment's whim.
Joy freed from the bond of earth's slumber rushes into numberless leaves, and dances in the air for a day.
My words that are slight may lightly dance upon time's waves when my works heavy with import have gone down.

春天散播花瓣，不是為了未來的果實，
而是為了片刻的玄思妙想。
從世間夢寐中釋放出來的歡樂，湧進無數的葉片中，
在風中整天舞蹈。
我的語言微不足道，
但當我的作品因充滿了深刻的意義而下沉時，
它們卻能夠隨著時光的浮動翩翩起舞。

我的幻想是一群螢火蟲——那跳躍的光芒，在黑暗中閃爍。

路邊，紫羅蘭的情懷吸引不了匆匆一瞥，它用時斷時續的語言喃喃抱怨。

在這沉寂黑暗的心靈洞穴中，夢用白日沙漠旅途中遺失的片斷來構築巢穴。

春天散播花瓣，不是為了未來的果實，而是為了片刻的玄思妙想。

從世間夢寐中釋放出來的歡樂，湧進無數的葉片中，在風中整天舞蹈。

我的語言微不足道，但當我的作品因充滿了深刻的意義而下沉時，它們卻能夠隨著時光的浮動翩翩起舞。

心靈的飛蛾長著稀薄的羽翼在落日的天空中作別離的飛翔。

蝴蝶計算的，不是月份，而是瞬間，蝴蝶擁有足夠的時間。

我的思緒宛如火花，帶著單純的笑容，騎在讓人驚奇的翅膀上。

My fancies are fireflies,—I Specks of living light winkling in the dark.

The voice of wayside pansies, that do not attract the careless glance, murmurs in these desultory lines.

In the drowsy dark caves of the mind dreams build their nest with fragments dropped from day's caravan.

Spring scatters the petals of flowers that are not for the fruits of the future, but for the moment's whim.

Joy freed from the bond of earth's slumber rushes into numberless leaves, and dances in the air for a day.

My words that are slight may lightly dance upon time's waves when my works heavy with import have gone down.

Mind's underground moths grow filmy wings and take a farewell flight in the sunset sky.

The butterfly counts not months but moments, and has time enough.

My thoughts, like sparks, ride on winged surprises, carrying a single laughter.

那樹木滿懷愛意地凝視著它美麗的影子，但永遠無法抓住它。

讓我的愛像陽光一樣在你身邊圍繞，並給你自由之道的啟發。

白天是彩色的泡沫，飄拂在深不可測的夜色中。

我羞於讓你記住我的供品，正因如此，你能銘記住它們。

把我的名字從這禮物上抹去吧——如果它是一種負擔，但請保留我的歌。

四月，像個孩子一般，用花朵把象形文字寫在塵埃中，抹去它們，而且忘掉。

記憶，這女祭司，毀掉現在，便把它的心祭奠給那已死的過去的神殿。

孩子們從那莊重陰沈的廟宇中跑出來，坐在塵埃中，上帝看著他們坑耍，忘記了那位祭司。

The tree gazes in love at its own beautiful shadow which yet it never can grasp.

Let my love, like sunlight, surround you and yet give you illumined freedom.

Days are coloured bubbles that float upon the surface of fathomless night.

My offerings are too timid to claim your remembrance,and therefore you may remember them.

Leave out my name from the gift if it be a burden, but keep my song.

April, like a child, writes hieroglyphs on dust with flowers, wipes them away and forgets.

Memory, the priestess, kill the present and offers it heart to the shrine of the dead past.

From the solemn gloom of the temple children run out to sit in the dust,God watches them play and forget the priest.

我的心靈在思想之流中因瞬間的光芒而開始活躍，正如小溪因其自身突然流動的、永不重複的音調而活躍一般。

　　在山上，"靜止"洶湧地奔騰而出，要探尋它自己的高度，在湖中，"運動"安寧地佇立著，要沉思它自己的深度。

　　漸逝的夜親吻著清晨緊閉的雙眼，這吻化做繁星下的光芒。

　　少女啊，你的美麗像一顆尚未成熟的果實，緊張地帶著堅強不屈的秘密。

　　喪失了記憶的悲哀像無法出聲的黑暗時光，沒有鳥兒歌唱，只有那蟋蟀唧唧作響。

　　"偏見"竭力把真理牢牢地握在手中，卻緊緊地捏死了它。

　　"願望"想點亮一盞害羞的燈，廣漠的夜空就點亮了她的滿天繁星。

　　雖然天空想把大地新娘攬入懷中，但它總是這樣遙遙無邊。

My mind starts up at some flash on the flow of its thoughts, like a brook at a sudden liquid note of its own that is never repeated.

In the mountain, stillness surges up to explore its own height; in the lake, movement stands still to contemplate its own depth.

The departing night's one kiss on the closed eyes of morning glows in the star of down.

Maiden, thy beauty is like a fruit which is yet to mature, tense with an unyielding secret.

Sorrow that has lost its memory is like the dumb dark hours that have no bird song, but only the cricket's chirp.

Bigotry tries to keep truth safe in its hand with a grip that kill it.

Wishing to hearten a timid lamp great night lights all her stars.

Though he holds in his arms the earth bride, the sky is ever immensely away.

上帝尋找同伴並主張愛，魔鬼尋找奴隸並主張順從。

土壤把樹木捆在她身上作為她服務的回報，天空卻一無所求，給它自由。

宛若寶石般的不朽者，誇耀的不是它久遠的年代，而是那片刻閃耀的光芒。

孩子們永遠住在不朽歲月的神秘中，不因歷史的塵埃而黯淡無光。

"創造物"步履中的微笑，使它頃刻間跨越時光。

那個疏遠我的人在早晨親近我，但當他被黑夜帶走時，卻離我更近。

白色和粉色的夾竹桃相遇，用不同的方言歡笑。

當和平活躍地清掃污垢時，它就是風暴。

湖泊躺在山腳下，眼淚汪汪地在固執者面前求愛。

God seeks comrades and claims love, the devil seeks slaves and claims obedience.

The soil in return for her service keeps the tree tied to her,

the sky asks nothing and leaves it free.

Jewel like the immortal does not boast of its length of years but of the scintillating point of its moment.

The child ever dwells in the mystery of ageless time, unobscured by the dust of history.

A light laughter in the steps of creation carries it swiftly across time.

One who was distant came near to me in the morning, and still nearer when taken away by night.

White and pink oleanders meet and make merry in different dialects.

When peace is active sweeping its dirt, it is storm.

The lake lies low by the hill, a tearful entreaty of love at the foot of the inflexible.

那聖潔的孩子微笑著——在那索然無味的雲層和短暫的光影玩具中。

微風對睡蓮低語：「你的秘密是什麼？」

睡蓮說：「是我自己，把它偷去吧，我就會消失掉！」

風暴的自由和樹幹的束縛手牽著手，在搖曳的枝條中起舞。

茉莉用她的花朵呢喃私語，來表達對太陽的愛。

暴君宣稱自由是為了謀殺自由，但是自己卻保留自由。

神靈們厭倦了他們的天堂，就羨慕人了。

雲朵就是煙霞形成的山，山就是石頭形成的雲——這就是時間之夢的幻想。

上帝等待著他的神殿由愛來構築，人們卻帶來了石頭。

我在我的歌聲中接觸到上帝，正如山用它的瀑布接觸到遙遠的海。

There smiles the Divine Child among his playthings of unmeaning clouds and ephemeral lights and shadows.

The breeze whispers to the lotus,

"What is thy secret?"

"It is myself," says the lotus, "steal it and I disappear!"

The freedom of the storm and the bondage of the stem join hands in the dance of swaying branches.

The jasmine's lisping of love to the sun is her flowers.

The tyrant claims freedom to kill freedom and yet to keep it for himself.

Gods, tired of their paradise, envy man.

Clouds are hills in vapour, hills are clouds in stone—a phantasy in time's dream.

While God waits for His temple to be built of love, men bring stones.

I touch God in my song as the hill touches the far-away sea with its waterfall.

光芒從與雲層的對抗中找到了她華麗的珍寶。

我的今日之心微笑地面對它流淚的前夜，好像一棵潮濕的樹在雨後對著太陽發出光輝。

我感謝那讓我的生命碩果累累的樹木，但不記得那使我生命常青的小草。

舉世無雙只是虛無，並蒂齊放才讓它真實。

人生的過錯向仁慈的“美妙”哭喊，要求協調他們的“孤立”，並與“整體”和諧統一。

他們期望感激那被放棄的巢居，因為他們的籠子美觀且安全。

不論你是什麼，我都在愛中償還無窮的債務。

池塘在黑暗的百合花叢中獻出了它的抒情詩，太陽說，它們真好。

你對偉人的誹謗是不敬的，它傷害的是你自己；

你對小人物的誹謗是卑鄙的，因為它讓犧牲者受傷。

Light finds her treasure of colours through the antagonism of clouds.

My heart today smiles at its past night of tears like a wet tree glistening in the sun after the rain is over.

I have thanked the trees that have made my life fruitful, but have failed to remember the grass that has ever kept it green.

The one without second is emptiness, the other one makes it true.

Life's errors cry for the merciful beauty that can modulate their isolation into a harmony with the whole.

They expect thanks for the banished nest because their cage is shapely and secure.

In love I pay my endless debt to thee for what thou art.

The pond sends up its lyrics from its dark in lilies, and the sun says, they are good.

Your calumny against the great is impious, it hurts yourself; against the small it is mean, for it hurts the victim.

地上盛開的第一朵花是對未來之歌的邀請。

黎明——這五顏六色的花——凋謝了，於是那質樸的光明果實、那太陽就出現了。

那冰肌玉骨懷疑它的智慧扼制了本應呼喊的聲音。

風試圖用暴力攫取火焰，卻將它吹滅了。

生命的遊戲轉瞬即逝。

生命的玩具被一件件遺落，然後被忘記。

我的花朵啊，不要在愚人的鈕釦孔裏尋覓你的天堂。

我的新月啊，你遲遲升起，但是我的夜鶯清醒地向你致意。

黑夜是戴了面紗的新娘，靜靜地期待著那游離的光回到她的懷抱。

樹林是大地對聆聽的天空無止境的努力訴說。

The first flower that blossomed on this earth was an invitation to the unborn song.

Daw — the many — coloured flower — fades, and then simple light fruit, the sun appears.

The muscle that has a doubt of its wisdom throttles the voice that would cry.

The wind tries to take the flame by storm only to blow it out.

Life's play is swift.

Life's playthings fall behind one by one and are forgotten.

My flower, seek not thy paradise in a fool's buttonhole.

Thou hast risen late, my crescent moon, but my night bird is still awake to greet thee.

Darkness is the veiled bride silently waiting for the errant light to return to her bosom.

Trees are the earth's endless effort to speak to the listening heaven.

當我自嘲時，自我的負擔就減輕了。

弱者也會是可怕的，因為他們強烈地要表現得強悍。

天堂之風吹起，船錨拼命地抓住泥漿，我的小船就用胸口緊緊地依著鐵鏈。

死亡的精神是 "一"，生命的精神是 "多"。

當上帝死去，宗教將整合為一。

天空的蔚藍渴求地面的碧綠，風兒在中間歎息："唉！"

白天的痛苦被它自己耀眼的光芒遮掩了，卻在夜晚的繁星中燃燒。

繁星群集在處女之夜，敬畏地望著她那永遠不可觸及的孤寂。

雲彩把它所有的黃金都給了西沉的太陽，卻僅僅用一絲蒼白的微笑問候升起的月亮。

行善的人來到神殿門口，博愛的人走進殿堂。

The burden of self is lightened when I laugh at myself.

The weak can be terrible because they try furiously to appear strong.

The wind of heaven blows, the anchor desperately clutches the mud, and my boat is beating its breast against the chain.

The spirit of death is one, the spirit of life is many.

When God is dead religion becomes one.

The blue of the sky longs for the earth's green, the wind between them sighs, "Alas."

Day's pain muffled by its own glare, burns among stars in the night.

The stars crowd round the virgin night in silent awe at her loneliness that can never be touched.

The cloud gives all its gold to the departing sun and greets the rising moon with only a pale smile.

He who does good comes to the temple gate, he who loves reaches the shrine.

花朵啊，可憐這小蟲吧，它不是蜜蜂，它的愛只是一種過錯和累贅。

孩子們用可怕的勝利廢墟為他們的洋娃娃蓋房子。

被人視若無睹的燈等待了漫長的一天，只為那夜晚光焰的一吻。

羽毛懶散地躺在塵埃中，心滿意足，忘了它們的天空。

孤單的花朵不需要羨慕叢生的荊棘。

世界在無關痛楚的善者的暴政中遭受最大的痛苦。

當我們為生存權利付出了所有的代價，我們才贏得了自由。

你這頃刻間粗心的禮物，宛如秋夜的流星，點燃了我人性本質的火焰。

信念在種子的心中等待著，承諾一個不能立刻被證實的生命奇蹟。

春天在嚴冬的門口徘徊，但芒果花莽撞地跑向他，她在花期之前就遭遇了厄運。

Flower, have pity for the worm, it is not a bee, its love is a blunder and burden.

With the ruins of terror's triumph children build their doll's house.

The lamp waits through the long day of neglect for the flame's kiss in the night.

Feathers in the dust lying lazily content have forgotten their sky.

The flower which is single need not envy the thorns that are numerous.

The world suffers most from the disinterested tyranny of its well-wisher.

We gain freedom when we have paid the full price for our right to live.

Your careless gifts of a moment, like the meteors of an autumn night, catch fire the depth of my being.

The faith waiting in the heart of a seed promises a miracle of life which it cannot prove at once.

Spring hesitates at winter's door, but the mango blossom rashly runs out to him before her time and meets her doom.

世界是變幻無窮的泡沫，漂浮在一片寧靜的海面上。

兩相分離的海岸在深不可測的淚海歌聲中一唱一和。

就像江河匯入大海，勞動在閒暇深處找到了完美。

我徘徊在路上，直到你的櫻花凋謝了，但吾愛，杜鵑花卻將你的寬恕帶給了我。

今天，你這害羞的小石榴花蕾，在她面紗後面紅了臉，明天，當我離去後，卻綻放出熱情的花朵。

權力的笨拙慣壞了鑰匙，還利用了鶴嘴鋤。

新生從黑夜的神秘而來，進入白天更大的神秘中。

我的這些紙船打算在時光的波紋中起舞，卻不抵達任何目的地。

流浪的歌曲飛出我的心，在你愛的呼喚中尋找巢穴。

The world is the ever-changing foam that floats on the surface of a sea of silence.

The two separated shores mingle their voices in a song of unfathomed tears.

As a river in the sea, work finds its perfection in the depth of leisure.

I lingered on my way till thy cherry tree lost its blossom, but the azalea brings to me, my love, thy forgiveness.

Thy shy little pomegranate bud, blushing today behind her veil, will burst into a passionate flower tomorrow when I am away.

The clumsiness of power spoils the key, and uses the pickaxe.

Birth is from the mystery of night into the greater mystery of day.

These paper boats of mine are meant to dance on the ripples of hours, and not to reach any destination.

Migratory songs wing from my heart and seek their nests in your voice of love.

危險、懷疑和拒絕的"海洋"圍繞著人那小小而永恆的島嶼，讓他向未知挑戰。

　　愛情當寬恕時便懲罰，並用它可怕的沈默傷害了美。

　　你孤零零地活著，沒有回報，因為他們怕你偉大的價值。

　　在一串無盡的黎明中，同一個太陽從新國土中獲得新生。

　　上帝的世界永遠經由死亡而重生，巨魔的世界卻總被自身的存在擊垮。

　　土螢蟲在塵土中探索時，從來不知道有星星在天上。

　　樹木是今天的，花朵是古老的，她帶來那遠古時代種子的消息。

　　每一朵盛開的玫瑰都為我帶來永恆春季之"玫瑰"的祝福。

　　當我工作時，上帝就給我榮耀，當我歌唱時，他就給我愛。

The sea of danger, doubt and denial around man's little island of certainty challenges him to dare the unknown.

Love punishes when it forgives, and injured beauty by its awful silence.

You live alone and unrecompensed because they are afraid of your great worth.

The same sun is newly born in new lands in a ring of endless dawns.

God's world is ever renewed by death, a Titan's ever crushed by its own existence.

The glow-worm while exploring the dust never knows that stars are in the sky.

The tree is of today, the flower is old, it brings with it the message of the immemorial seed.

Each rose that comes brings me greetings from the Rose of an eternal spring,

God honors me when I work, He loves me when I sing.

在昨日之愛遺棄的巢穴中，我的今日之愛找不到家。

痛苦的火苗穿越她的憂鬱，為我心靈探索到一條光明之道。

草兒從無數死亡中復活，所以山死後它還活著。

你從我手中消失了，留下一道琢磨不到的觸摸在天空的蔚藍中，一個飄搖在風中之影裏、無形的幻象。

為了可憐那荒蕪的枝頭，春天留給它一個曾在孤葉裏震撼的親吻。

花園裏的陰影默默地愛著太陽，花兒猜到了這秘密，就含情脈脈地微笑，而樹葉卻竊竊細語。

我沒有在空中留下翅膀的影子，但我很高興自己已經飛過。

螢火蟲在樹葉叢中閃光，讓繁星驚奇。

山看上去會被煙霧擊敗，卻始終歸然不動。

當玫瑰對太陽說 "我要永遠記著你" 時，她的花瓣就落入塵埃中。

My love of to-day finds no home in the nest deserted by yesterday's love.

The fire of pain traces for my soul a luminous path across her sorrow.

The grass survives the hill through its resurrections from countless deaths.

Thou hast vanished from my reach, leaving an impalpable touch in the blue of the sky, an invisible image in the wind moving among the shadows.

In pity for the desolate branch spring leaves to it a kiss that fluttered in a lonely leaf.

The sky shadow in the garden loves the sun in silence, Flowers guess the secret, and smile, while the leaves whisper.

I leave no trace of wings in the air, but I am glad I have had my flight.

The fireflies, twinkling among leaves, make the stars wonder.

The mountain remains unmoved at its seeming defeat by the mist.

While the rose said to the sun, "I shall ever remember thee," her petals fell to the dust.

山是地面向那可望而不可即者展現出來的絕望姿態。

雖然花刺戳痛了我，美啊，我依然感激。

世界知道，少數比多數更多。

朋友，別讓我的愛成為你的負擔，要知道它自己會認為值得。

黎明在黑暗的大門前撥弄著她的琵琶，當太陽出來時她便悄然隱去。

美是真理的微笑，當她在一面完美的鏡子裏看見了自己的面孔。

露珠只有在它自己小而圓的身體中才知道太陽。

絕望的思想，從被所有時代拋棄了的蜂巢出來，在空中漫天飛舞，圍繞在我心頭嗡嗡低唱，並尋找我的聲音。

沙漠被囚禁在它自己無限荒涼的牆壁裏。

在小小葉片的顫抖中我看見了空氣無形的舞蹈，在它們微弱的光芒中看見了天空秘密的心跳。

Hills are the earth's gesture of despair for the unreachable.

Though the thorn in thy flower pricked me, O Beauty, I am grateful.

The world knows that the few are more than the many.

Let not my love be a burden on you, my friend, know that it pays itself.

Dawn plays her lute before the gate of darkness, and naturally vanish when the sun comes out.

Beauty is truth's smile when she beholds her own face in a perfect mirror.

The dew-drop knows the sun only within its own tiny orb.

Forlorn thoughts from the forsaken hive of all ages, swarming in the air, hum round my heart and seek my voice.

The desert is imprisoned the wall of its unbounded barrenness.

In the thrill of little leaves I see the air's invisible dance, and in their glimmering the secret heart beats of the sky.

你像一棵開花的樹，當我讚美你的天才時你大吃一驚。

大地祭奠的火焰在她的樹林裏冉冉升起，火花四散在花叢中。

森林，大地頭頂上的雲層，把它們的寧靜獻給天空，雲層就以驟雨作為共鳴。

世界用圖畫和我說話，我的靈魂用音樂回答。

天空整晚對它的露珠談論無數的星星，為的是懷念太陽。

夜的黑暗，就像痛苦，啞口無言；黎明的黑暗，就像和平，沈默不語。

傲慢在石頭上鑴刻下他的蹙眉，愛情在花朵上獻出她的誠服。

諂媚的畫筆依從狹窄的畫布，把真理打了折扣。

小山在它渴求遙遠的天空時，甘願像受驅策的雲彩一樣永遠追尋。

You are like a flowering tree, amazed when I praise you for your gifts.

The earth's sacrificial fire flames up in her trees, scattering sparks in flowers.

Forests, the clouds of earth, hold their silence up to the sky, and clouds from above come down in resonant showers.

The world speaks to me in pictures, my soul answers in music.

The sky tells its beads all night on the countless stars in memory of the sun.

The darkness of night, like pain, is dumb, the darkness of dawn, like peace, is silent.

Pride engraves his frowns in stones, love offers her surrender in flowers.

The obsequious brush curtails truth in deference to the canvas which is narrow.

The hill in its longing for the far-away sky wishes to be like the cloud with its endless urge of seeking.

為了要證明他們自己的潑墨是對的，他們把白天寫成黑夜。

當善良有利可圖時，利潤就對善良微笑啦。

在膨脹的自負中，泡沫懷疑大海的真理，大笑著，然後爆裂成虛無。

愛情是一個無盡的秘密，因為沒有其他什麼東西可以解釋它。

我的雲在黑暗中悲哀，忘記了它們自己把太陽遮蓋了。

當上帝來向他要求禮物時，人發現了他自己的財富。

你把你的記憶當作一簇火焰留在我孤零零的別離之燈裏。

我來獻給你一朵花，你卻一定要擁有我的整個花園，都給你吧！

這幅畫——光明的記憶被陰影珍藏著。

對太陽做鬼臉是很容易，從各個方向看，他都被自己的光芒暴露著。

愛情即使被說出口也還是一個秘密，因為只有真正的愛人才知道他是被愛著的。

To justify their own spilling of ink they spell the day as night.

Profit smiles on goodness when the good is profitable.

In its swelling pride the bubble doubts the truth of the sea, and laughs and bursts into emptiness.

Love is an endless mystery, for it has nothing else to explain it.

My clouds, sorrowing in the dark, forget that they themselves have hided the sun.

Man discovers his own wealth when God comes to ask gifts of him.

You leave your memory as a flame to my lonely lamp of separation.

I came to offer thee a flower, but thou must have all my garden,it is thine.

The picture——a memory of light treasured by the shadow.

It is easy to make faces at the sun. He is exposed by his own light in all directions.

Love remains a secret even when spoken, for only a lover truly knows that he is loved.

歷史慢慢地窒息了它的真理，但又在可怕的苦苦懺悔中草率地努力使它復活。

　　我的工作已經由每天的工資作為報酬；我卻在愛裏等待最後的價值。

　　美知道說，"夠了"，野蠻卻吵著還要更多。

　　上帝不喜歡我做他的僕人，而希望我做服務萬物的他自己。

　　夜的黑暗與白天是融洽的，薄霧之晨卻與它格格不入。

　　在玫瑰盛開的時光裏，愛情是美酒——但當花瓣凋零時，它就是饑餓歲月中的食物了。

　　在一個陌生的地方，一朵無名花對詩人說："我的愛人啊，我們不是鄉親嗎？"

　　我能夠愛我的上帝，因為他給了我否認他的自由。

　　我那不和諧的琴弦在它們羞愧的痛苦呻吟中乞求音樂。

　　蠕蟲認為人不吃他的書是怪異和蠢笨的。

History slowly smothers its truth, but hastily struggles to revive it in the terrible penance of pain.

My work is rewarded in daily wages, I wait for my final value in love.

Beauty knows to say, "Enough," barbarism clamours for still more.

God loves to see in me, not his servant, but himself who serves all.

The darkness of night is in harmony with day, the morning of mist is discordant.

In the bounteous time of roses love is wine,—it is food in the famished hour when their petals are shed. An unknown flower in a strange land speaks to the poet, "Are we not of the same soil, my love?"

I am able to love my God, because He gives me freedom to deny Him.

My untuned strings beg for music in their anguished cry of shame.

The worm thinks it strange and foolish that man does not eat his books.

今天，烏雲密佈的天空，在永恆沉思的額頭上戴著神聖悲哀的影像。
我的樹蔭是為了過路的人們，果實是為了我期待的那個人。

地球被落日的光芒染紅了臉，像一隻成熟的果實，準備被夜採摘。
光明接受黑暗做配偶是為了創造。
蘆葦等待著主人的氣息，而主人卻在尋找他的蘆葦。
在那盲目的筆看來，那寫作的手是不真實的，它的寫作毫無意義。

大海痛擊自己貧瘠的胸膛，因為它沒有鮮花奉獻給月亮。
對果實的貪欲使花朵凋謝了。
上帝在他繁星的神殿中等待人們帶給他明燈。
被束縛在樹林裏的火變做花朵的模樣。

The clouded sky today bears the vision of the shadow of a divine sadness
on the forehead of brooding eternity.

The shade of my tree is for passers-by, its fruit for the one for whom I wait.

Flushed with the glow of sunset earth seems like a ripe fruit ready to be
harvested by night.

Light accepts darkness for his spouse for the sake of creation.

The reed waits for his master's breath, the Master goes seeking for his reed.

To the blind pen,the hand that writes is unreal, its writing unmeaning.

The sea smites his own barren breast because he has no flowers to offer to
the moon.

The greed for fruit misses the flower.

God in His temple of stars waits for man to bring him his lamp.

The fire restrained in the tree fashions flowers.

從監禁中逃離後，那不知羞恥的火焰死在貧瘠的灰燼裏。

天空沒有設下陷阱去捕捉月亮，是她自身的自由約束了她。

佈滿天空的光明，在草間的露珠中尋求極限。

財富是沉重的負擔，幸福是生命的圓滿。

當剃刀的刀刃譏笑太陽時，它以它的鋒利而驕傲。

蝴蝶有閒暇去愛睡蓮，而忙著採蜜的蜜蜂卻並不如此。

孩子，你把風兒和流水的喃喃細語、花朵無言的秘密、雲朵的夢和晨空默默的凝視，都帶到我心裏。

雲層中的彩虹也許是偉大的，但矮樹叢中的小蝴蝶更偉大。

薄霧在清晨的周圍編織她的網，迷惑他並讓他喪失判斷力。

Released from bonds, the shameless flame dies in barren ashes.

The sky sets no snare to capture the moon, it is her own freedom which binds her.

The light that fills the sky seeks its limit in a dew-drop on the grass.

Wealth is the burden of bigness, Welfare the fullness of being.

The razor-lade is proud of its keenness when is sneers at the sun.

The butterfly has leisure to love the lotus, not the bee busily touring honey.

Child, thou bring to my heart the babble of the wind and the water, the flowers' speechless secrets, the clouds' dreams, the mute gaze of wonder of the morning sky.

The rainbow among the clouds may be great, but the little butterfly among the bushes is greater.

The mist weaves her net round the morning, captivates him, and makes him blind.

開著葵花的野草對黎明悄悄地說：「告訴我你的存在僅僅是為了我。」

她回答道：「是的，我也只是為了那無名的花而存在。」

天空總是無限空虛地用夢在大地構築天堂。

當新月聽說它只是一塊等待圓滿的碎片時，也許會充滿懷疑地微笑。

讓黃昏原諒白晝的錯誤，並因此為她自己贏得安寧。

在花蕾的禁閉中，在甜美的缺陷之心裏，美微笑著。

你游離不定的愛情用翅膀輕拂我的向日葵，從來不問它是否已準備好獻出它的花蜜。

葉子沈默不語，周圍環繞的花朵都是它們的語言。

樹木承受著它的千年歷史，就像偉大莊嚴的一刹那。

The Morning Star whispers to Dawn, "Tell me that you are only for me."

"Yes," she answers, "And also only for that nameless flower."

The sky remains infinitely vacant for earth there to build its heaven with dreams.

Perhaps the crescent moon smiles in doubt at being told that it is a fragment awaiting perfection.

Let the evening forgive the mistakes of the day and thus win peace for herself.

Beauty smiles in the confinement of the bud, in the heart of a sweet incompleteness.

Your flitting love lightly brushed with its wings my sun-flower and never asked if it was ready to surrender its honey.

Leaves are silences around flowers which are their words.

The tree bears its thousand years as one large majestic moment.

我的獻禮不是給路盡頭的廟宇，而是給路邊的神殿，它們在每一個拐角處都讓我驚奇。

　　吾愛，你的微笑像一朵奇異的花，質樸且不言而喻。

　　當死亡的價值被誇大時，死亡大笑，因為比他所需更多的東西充滿了他的倉庫。

　　海岸的歎息徒勞地追趕著微風，而微風催促船舶快速穿過海洋。

　　真理熱愛它自己的限度，因為它在那裏遇見美麗。

　　在我和你的兩岸之間，有一片咆哮不止的海洋，那是我自身波濤洶湧的撞擊，我渴望渡過它。

　　佔有權愚蠢地對它的享樂權自吹自擂。

　　玫瑰不只是因為它的刺而害羞地道歉。

　　白晝把他的金琵琶交給繁星的寧靜去調弦，是為了無窮的生命。

My offerings are not for the temple at the end of the road, but for the way-side shrines that surprise me at every bend.

Your smile,my love, like the smile of a strange flower, is simple and inexplicable.

Death laughs when the merit of the dead is exaggerated for it swells his store with more than he can claim.

The sigh of the shore follows in vain the breeze that hastens the ship across the sea.

Truth loves its limits, for there it meets the beautiful.

Between the shores of Me and Thee there is the loud ocean, my own surging self, which I long to cross. The right to possess boasts foolishly of its right to enjoy.

The rose is a great deal more than a blushing apology for the thorn.

Day offers to the silence of stars his golden lute to be tuned for the endless life.

智者知道如何教導，愚者知道怎樣破壞。

在永恆的環形之舞中，圓心安靜而沈默。

當審判者把別人燈裏的油和自己的燈光作比較，他以為自己是公平的。

當草地上的花在羨慕她的時候，被俘虜的花朵在國王的王冠上苦笑。

山頭的積雪是山自己的負擔，一洩千里的江河卻是全世界的負擔。

請聽一聽森林的禱告，它為開花的自由而祈禱。

雖然隔著親暱的障礙，讓你的愛情看見我吧！

在創造中，工作的熱情會帶動並助長遊戲的熱情。

帶著樂器的負擔，算著材料的成本，而且從不知道這些都是為了音樂，這就是耳聾人生的悲劇。

信心是能感覺光的鳥兒，當黎明還昏暗時就歌唱起來了。

The wise know how to teach, the fool how to smite.

The centre is still and silent in the heart of an eternal dance of circles.

The judge thinks that he is just when he compares the oil of another's lamp with the light of his own.

The captive flower in the King's wreath smiles bitterly when the meadow flower envies her.

Its store of snow is the hill's own burden, its outpouring of streams is borne by all the world.

Listen to the prayer of the forest for its freedom in flowers.

Let your love see me even through the barrier of nearness.

The spirit of work in creation is there to carry and help the spirit of play.

To carry the burden of the instrument, count the cost of its material,and never to know that it is for music, is the tragedy of deaf life.

Faith is the bird that feels the light and sings when the dawn is still dark.

黑夜啊，我帶給你我白日的空杯，為了一個全新的佳節之晨，用你涼爽的黑暗清洗它吧！

山上的冷杉沙沙作響，把它與風暴戰鬥的回憶協奏成和平的讚美詩。

當我奮起反抗時，上帝就用他的鬥志獎勵我；當我偃旗息鼓時，上帝就對我視而不見。

思想狹隘的人以為他能將整個大海舀進自己的池塘。

在生命深處的陰影裏，是記憶的孤獨巢穴，它正逐漸失語。

讓我的愛在白天的侍奉中找到力量，並在夜晚的和諧中獲得安寧吧！

生命把它無聲的讚美放在草葉中間，送給那無名的光明。

夜晚的繁星對我而言，就是那白晝間凋謝的花朵的留念。

I bring to thee, night, my day's empty cup, to be cleansed with thy cool darkness for a new morning's festival.

The mountain fir, in its rustling, modulates the memory of its fights with the storm into a hymn of peace.

God honored me with his fight when I was rebellious, He ignored me when I was languid.

The sectarian thinks that he has the sea ladled into his private pond.

In the shady depth of life are the lonely nests of memories that shrink from words.

Let my love find its strength in the service of day, its peace in the union of night.

Life sends up in blades of grass its silent hymn of praise to the unnamed Light.

The stars of night are to me the memorials of my day's faded flowers.

過去的事就讓它們過去吧，因為留在心裏的魔障會帶來更不適宜的過錯。

真正的結束並不是到達一個有限的目標，而是完成對無限者的追尋。

海岸向大海低語："告訴我，你的海浪竭力想說些什麼？"

大海用它的浪花一次又一次地表達，但在狂暴與絕望中什麼也沒有留下。

讓你手指的觸摸抖開我生命的束縛，然後譜寫屬於我們的樂章。

內心世界像顆果實一般在我生命中遊走，並在悲喜交集中慢慢成熟，然後將墜落在原始土壤的黑暗中，等待新一輪生命的輪迴。

形式存在於"事物"中，韻律存在於"力量"中，意義存在於"人腦"中。

Open thy door to that which must go, for the loss becomes unseemly when obstructed.

True end is not in the reaching of the limit, but in a completion which is limitless.

The shore whispers to the sea:"Write to me what thy waves struggle to say."

The sea writes in foam again and again and wipes off the lines in a boisterous despair.

Let the touch of thy finger thrill my life's strings and make the music thine and mine.

The inner world rounded in my life like a fruit, matured in joy and sorrow, will drop into the darkness of the original soil for some further course of creation.

Form is in Matter, rhythm in Force, Meaning in the Person.

有人尋求智慧，有人尋求財富，我尋求侍奉你的道路，所以我一路歌唱。

如同落葉一般，我把自己的話語搖落在泥土上，讓我思想的花朵隨著你一起沈默不語吧！

主啊！希望我對真理的信仰、對完美的觀察，能對你的創造有所助益。

我全部的喜悅都來源於生命的果實與花朵，讓我在慶祝盛宴結束的時候，獻給你完美和諧的愛。

有些人深思熟慮，探索你真理的意義，他們是偉大的；我只會傾聽，追隨你彈奏的音樂，我是快樂的。

樹是一個長著翅膀的精靈，它從種子的束縛中解放出來，在未知的世界裏追尋它生命的冒險。

荷花向天空展示它的美麗，而小草則默默地為大地服務。

There are seekers of wisdom and seekers of wealth, I seek thy company so that I may sing.

As the fallen leaves, I shed my words on the earth, let my thoughts unuttered flower in thy silence.

My faith in truth, my vision of the perfect, help thee, Master, in thy creation.

All the delights that I have felt in life's fruits and flowers, let me offer to thee at the end of the feast, in a perfect union of love.

Some have thought deeply and explored the meaning of thy truth,and they are great; I have listened to catch the music of thy play, and I am glad.

The tree is a winged spirit released from the bondage of seed, pursuing its adventure of life across the unknown.

The lotus offers its beauty to the heaven, the grass its service to the earth.

陽光的親吻在遺棄中成熟，青澀的果實貪婪地攀附在它的樹枝上。

火焰與瓦燈融為一體，多麼讓人驚歎的光明呀！

錯誤與真理毗鄰而居，所以會迷惑我們。

烏雲嘲笑彩虹，說它是一個華而不實的暴發戶。

彩虹平靜地回答："我跟太陽自身一樣，完全真實。"

請不要讓我在黑暗中徒然摸索，讓我仍然堅信白晝終將到來，真理也將現出它樸素的身影。

在寂靜的黑夜中，我聽見清晨漂泊的希望回來了，它輕敲著我的心門。

我新的愛人來了，帶給我古老而永恆的財富。

大地注視著月亮，懷疑她把所有的音樂都融進了微笑裏。

白晝那好奇的目光嚇得星星如飛一般遁逃。

The sun's kiss mellows into abandonment, the miserliness of the green fruit clinging to its stem.

The flame met the earthen lamp in one, and what a great marvel of light!

Mistakes live in the neighbourhood of truth and therefore delude us.

The cloud laughed at the rainbow saying that is was an upstart gaudy in its emptiness.

The rainbow calmly answered, "I am as inevitably real as thy sun himself."

Let me not grope in vain in the dark but keep my mind still in the faith that the day will break and truth will appear in its simplicity.

Through the silent night I hear the returning vagrant hopes of the morning knock at my heart.

My new love comes bringing to me the eternal wealth of the old.

The earth gazes at the moon and wonders that she should have all her music in her smile.

天空啊！我的心靈在我自己的窗前與你真正地合而為一了，而非在你已經敞開的惟一王國裏。

人類把上帝的花朵編織成花環，並宣稱這花歸他所有。

曾被埋葬了的城市，裸露在一個新世紀的太陽裏，為失去了全部的歌而羞愧不已。

像長期喪失意義的我的心痛，太陽的光芒穿著黑暗的長袍躲在地下。

像我的心突然被愛情觸痛，他們在春天的召喚下改換面紗，在紅花綠葉的多彩中狂歡而來。

我生命的空笛等待它最後的音樂，就像星星出來前那最初的黑暗。

從泥土的束縛中釋放出來，樹木並沒有獲得自由。

人生故事的帷幕，是用生命的絲線織就而成，而且永無休止地織織拆拆。

Day with its glare of curiosity puts the stars to flight.

My mind has its true union with thee, O sky, at the window which is mine own,and not in the open where thou hast thy sole kingdom.

Man claims God's flowers as his own when he weaves them in a garland.

The buried city, laid bare to the sun of a new age, is ashamed that it has lost all its songs.

Like my heart's pain that has long missed its meaning, the sun's rays robed in dark hide themselves under the ground.

Like my heart's pain at love's sudden touch,they change their veil at the spring's call and come out in the carnival of colours, in flowers and leaves.

My life's empty flute waits for its final music like the primal darkness before the stars came out.

Emancipation from the bondage of the soil is no freedom for the tree.

The tapestry of life's story is woven with the threads of life's ties ever joining and breaking.

我那些從來都辭不達意的思想棲息在我的歌聲與舞蹈中。

我的靈魂今夜迷失在一棵樹沈默的心中，那棵樹獨自屹立，在風中作響。

珍珠貝殼被大海扔在死亡的荒灘上，那是一種被生命造就的華而不實。

太陽的光芒為我打開了世界之門，愛的光芒為我打開了世界的寶藏。

我的生命就像一個多節的蘆笛，經過它希望和收穫的缺口，便奏出多姿多彩的音樂。

別讓我對你的感激從我的沈默中奪走更多的敬意。

生命的希望總是喬裝成小孩的模樣到來。

凋謝了的花朵歎息道，春天已經永遠逝去了。

在我生命的花園裏，我的財富一直都是那些從未被收集和儲存過的光明和陰影。

The thoughts of mine that are never captured by words perch upon my songs and dance.

My soul tonight loses itself in the silent heart of a tree standing alone among the whispers of immensity.

Pearl shells cast up by the sea on death's barren beach, a magnificent wastefulness of creative life.

The sunlight opens for me the world's gate, love's light its treasure.

My life like the reed with its stops, has its play of colours through the gaps in its hopes and gains.

Let not my thanks to thee rob my silence of its fuller homage.

Life's aspirations come in the guise of children.

The faded flower sighs that the spring has vanished for ever.

In my life's garden, my wealth has been of the shadows and lights that are never gathered and stored.

一直以來，我收穫的果實就是你所接受的那個。

茉莉花知道太陽是她天上的兄弟。

古老的光是年輕的，瞬息的影子卻生來就老了。

我知道我的歌將在白晝結束後載我到大洋彼岸，在那兒我將看得清清楚楚。

那隻在花叢中穿梭的蝴蝶永遠屬於我，而我卻失去了網住的那一隻。

自由的鳥兒，你的歌聲傳到我沉睡的巢中，而我昏昏欲睡的翅膀卻夢想著到雲層上的光芒中翱翔。

我不瞭解在人生的劇本中我所扮演的角色意義何在，因為我不知道別人扮演的角色。

花朵脫落了它所有的花瓣，找到了果實。

我把我的歌置於身後，留給那年復一年歸來的金銀花的繁盛和南風的喜悅。

當落葉在泥土裏迷失自己的時候，就融入到森林的生命裏了。

The fruit that I have gained for ever is that which thou hast accepted.

The jasmine knows the sun to be her brother in the heaven.

Light is young, the ancient light, shadows are of the moment, they are born old.

I feel that the ferry of my songs at the day's end will bring me across to the other shore from where I shall see.

The butterfly flitting from flower to flower ever remains mine, I lose the one that is netted by me.

Your voice, free bird, reaches my sleeping nest, and my drowsy wings dream of a voyage to the light above the clouds.

I miss the meaning of my own part in the play of life, because I know not of the parts that others play.

The flower sheds all its petals and finds the fruit.

I leave my songs behind me to the bloom of the ever eturning honeysuckles and the joy of the wind from the south.

Dead leaves when they lose themselves in soil take part in the life of the forest.

就像天空在黑暗和光明中尋尋覓覓那樣，心智不斷地從聲音和沈默裏尋找它的語言。

看不見的黑暗吹起他的長笛，光明的韻律在繁星與太陽之間旋轉，在思想與夢幻中旋轉。

我將唱起歌曲，我已愛上“你”的歌聲了。

當“沈默”的聲音觸碰到我的語言時，我認出了他，並因此而瞭解我自己。

我最後的祝福是要給那些知道我並不完美，卻依然愛我的人。

愛的禮物是不能贈送的，它等待著被接受。

當死亡來臨並對我低語“你的日子到頭了”，讓我對他這樣說：“我已活在愛裏而不只是在時間裏。”

他會問：“你的歌還能保留下來嗎？”

我會說：“我不知道，但我知道當我時時歌唱時，我就找到了永恆。”

“讓我點亮我的燈吧，”星星說，“而且永遠不要爭論它會不會驅散黑暗。”

The mind ever seeks its words from its sounds and silence as the sky from its darkness and light.

The unseen dark plays on his flute and the rhythm of light eddies into stars and suns, into thoughts and dreams.

My songs are to sing that I have loved Thy singing.

When the voice of the Silent touches my words. I know him and therefore I know myself.

My last salutations are to them who knew me imperfect and loved me.

Love's gift cannot given, it waits to be accepted.

When death comes and whisper to me, "Thy days are ended," let me say to him, "I have lived in love and not in mere time."

He will ask, "Will thy songs remain?"

I shall say, "I know not, but this I know that often when I sang, I found my eternity."

"Let me light my lamp," says the star, "And never debate if it will help to remove the darkness."

採果集

Fruit Gathering

Bid me and I shell gather my fruits to bring them in
full baskets into your courtyard,
though some are lost and some not ripe.
For the season grows heavy with its fullness,
and there is a plaintive shepherd, s pipe in the shade.
Bid me and I shell set sail on the river.
The March wind is fretful, fretting the languid waves into murmurs.
The garden has yielded its all,
and in the weary hour of evening the call comes
from your house on the sunset.

吩咐一聲，我就會把果子一筐筐的採滿，
送到你的院子裏，儘管有的已凋落，
有的尚未成熟。
由於豐收，季節也變得碩果累累；
濃蔭下傳來牧童淒婉的笛聲。
吩咐一聲，我就會在河上揚帆起航。
三月的風躁動不安，惹得倦怠的波浪嘩嘩作響。
果園捧出了它全部的果實，在這個疲憊的傍晚時分，
夕陽下的岸邊，從你的房子裏傳出了一聲呼喚。

I

吩咐一聲，我就會把果子一筐筐的採滿，送到你的院子裏，儘管有的已凋落，有的尚未成熟。

由於豐收，季節也變得碩果累累；濃蔭下傳來牧童淒婉的笛聲。

吩咐一聲，我就會在河上揚帆起航。

三月的風躁動不安，惹得倦怠的波浪嘩嘩作響。

果園捧出了它全部的果實，在這個疲憊的傍晚時分，夕陽下的岸邊，從你的房子裏傳出了一聲呼喚。

II

年輕的時候，我的生命猶如一朵鮮花——當和煦的春風到她的門前乞討，她便從那富麗繁花中搖落一兩片花瓣，絲毫也不覺有何損失。

如今青春已逝，我的生命如一枚果實，已無物可施，只等待著把自己徹底奉獻，連同她那甜蜜的重負。

III

難道夏日的盛宴，僅僅是為了盛開的鮮花，而非片片枯葉和凋零的花瓣嗎？

難道大海和諧的歌聲，僅僅是為了潮漲的波濤嗎？

難道她沒有和著潮落一起歌唱嗎？

珠寶被織入國王腳下的地毯，而泥土依然耐心等待著他雙足的觸摸。

坐在我主身旁的智者與偉人寥寥無幾，而他依然將愚魯的我擁入懷中，使我成為他永遠的僕人。

IV

我醒來，發現他的信與清晨一道來臨。

我不知道它說些什麼，因為我不識字。

讓那智者和他的書在一起吧，我不會去打攪他，誰知道他能否看懂那信裏的內容。

讓我把它舉到額頭，貼在心口。

夜闌人靜，星星一顆顆閃現，我會把信攤在膝上，默默等候。

樹葉沙沙，會為我朗聲誦讀它；溪水淙淙，會為我輕輕吟詠它；七星睿智璀璨，在天邊為我歌唱它。

我無法找到我所追尋的，也無法理解我所知的；而這封未讀的信減輕了我的負擔，把我的思緒化為一首首歌。

V

當我不知你信號的含義時，一縷灰塵便可以把它遮掩。

既然我比以往聰慧，我可從以前的重重帷幕中把它讀懂。

花瓣上繪著它的倩影；波浪使它在泡沫中閃爍；群山把它舉至巔峰。

我曾轉過臉避開你，因而誤解了你的信，不懂它們的含義。

VI

我在坦途迷失了方向。

在煙波浩淼的水面，在碧藍如洗的天空，沒有一絲軌跡。

路被鳥兒的羽翼、璀璨的星光和四季流轉的繁花遮掩了。

我叩問我的心，你的血液是否承載著發現未見之途的智慧。

VII

唉，我不能待在這房子裏，家已變得不再是我的家了，因為永遠的異鄉人在呼喚，他正沿路走來。

他那聲聲腳步，叩擊著我的胸膛；它擊痛了我！

起風了，大海在嗚咽。我拋開所有的憂慮與疑惑，去追逐那無家的海浪，因為異鄉人在向我呼喚，他正沿路走來。

VIII

準備起程吧，我的心！讓那些必須徘徊的去徘徊吧！

因為清晨的天空，有你的名字在迴響。

不要再為誰等待！

蓓蕾企盼的是黑夜與露珠，而盛開的花呼喚的是自由和光明。

衝破你的繦褓，我的心啊，出來吧！

IX

當我徘徊於我收藏的珍寶之間時，我覺得自己像條蛀蟲，在黑暗中噬咬著滋生自己的果實。

我離開了這座腐爛的監獄。

我不想流連於腐朽的沉寂，因為我要去尋找永恆的青春；一切與我生命無關的，一切不似我笑聲輕盈的，我都全部拋棄。

我在時光裏賓士穿梭，哦，我的心啊，行吟詩人在你的戰車裏舞蹈。

X

你牽著我的手，把我拉到你身旁，讓我當著眾人坐在高凳上，直到我變得戰戰兢兢，不能動彈，無法隨意行走；我步步躊躇，惟恐踩上他們不滿的荊棘。

我終於自由了！

打擊來臨了，侮辱之鼓敲響了，我的坐凳被貶入塵埃中。

我的道路在我面前展開。

我的羽翼飽含著對天空的渴望。

我要加入午夜的流星，與它們一起縈入深邃的陰影之中。

我如同夏日裏被風暴驅逐的雲，拋下黃金王冠，在閃電的鎖鏈上懸掛一個霹靂，猶如佩上一柄利劍。

在絕望般的狂喜中，我奔向那被鄙視的塵土飛揚之路；我去靠近你那最後的迎接。

嬰兒離開子宮時找到了母親。
當我與你分離，被逐出你的房門時，我便能自由地看你的臉。

XI

我這珠寶項鏈，裝扮我只是為了把我嘲弄。
它在我的脖子上擦傷皮膚，當我掙扎著將它扯下時，它又把我緊緊勒住。
它鉗住我的喉嚨，窒息了我的歌聲。
我只要能把它獻到你的手裏，我的主啊，我就能得救。
把它從我這兒取走吧，用一個花環把我繫在你的身邊作為交換，因為我羞於這樣站在你面前——項上掛著這樣的珠光寶鏈。

XII

朱穆納河在下邊遠遠地奔流，湍急而清澈；突起的河岸在上邊緊蹙眉頭。
周圍群山環抱，翠林蔭翳；山洪在其間劃出道道傷痕。
錫克教大宗師戈文達，坐在岩石上誦讀經文，他的門徒拉古那斯——一向驕於自己的財富——走過來向他鞠躬施禮，說：“薄禮一份，不成敬意，還望笑納。”
說著，他拿出一副鑲著貴重寶石的金手鐲，擺在宗師面前。
宗師拿起一隻，繞在手指上轉動，寶石折射出道道光芒。
突然，金鐲從手中滑落，掉到河岸，滾入水中。
“天哪！”拉古那斯叫了起來，隨後跳進河水。
宗師的目光又回到經文上，河水把它偷來的東西藏在身上，逕自奔流。
日光已然隱去，拉古那斯回到宗師身旁，渾身濕漉漉的，精疲力竭。
他氣喘吁吁地說：“如果你指明金鐲落在何處，我仍能把它找回來。”
宗師拿起剩下的那一隻，丟入水裏，說：“它在那兒。”

XIII

移步向前就是為了時刻與你相見，我的旅伴！

是為了和著你落地的腳步歌唱。

你的呼吸所觸及的人，不會藉著河岸的蔭蔽悄然溜掉。

他不顧一切地乘風揚帆，駕著洶湧的波濤昂然向前。

推門而入的人會接受你的問候。

他不會停下來計算所得或哀歎所失；他的心擂響了前進的戰鼓，因為這是為了與你並肩前行，我的旅伴！

XIV

我在這個世界上所得到的最好的一份，將來自你手中——這是你的諾言。

因此，你的光芒閃爍在我的淚水之中。

我害怕他人為我引路，因為害怕錯過在某個路的拐角等待做我嚮導的你。

我任性地走自己的路，直到我這荒唐的行徑把你引誘到我的門口。

因為你曾向我許諾，我在這個世界上所得到的最好的一份，將來自於你的手中。

XV

你的語言樸實無華，我的主啊，而那些談論你的人卻並非如此。

我懂得你那些繁星的聲音，也理解你那些綠樹的沈默。

我知道我的心將像花兒一般綻放；我知道我的生命已在隱泉邊得到充實。

你的歌，像來自孤寂雪原的鳥兒，正飛到我的心頭築巢，來迎接四月的溫暖，而我，正癡情地等待這歡樂的季節。

XVI

他們識路，沿著狹長的小巷找尋你，而我，卻因為無知在外面的夜色中徘徊。

我在學校裏待得不長，不至於害怕隱藏在黑暗中的你，因而，我不知不覺地踏上了你門前的臺階。

聰明人斥責我，讓我走開，因為我不是沿著小巷來的。

我疑惑不解地轉身走開，但你緊緊拉住我，而他們的斥責聲也一天響過一天。

XVII

我從房中把我的瓦燈拿出來，喊道："過來吧，孩子們，我給你們照路！"

我歸來時，夜色依然漆黑，道路上一片沉寂，我喊道："火啊，照亮我吧！因為我的瓦燈碎了，正躺在塵土裏！"

XVIII

不，不是你的力量催促蓓蕾綻放。
搖它也好，敲它也好，可你卻無力使它開放。
你的觸摸玷污了它，你撕碎它的花瓣，撒於塵土中。
然而，沒有色彩，也沒有芳香。

啊，那可不是你的力量，能催促蓓蕾綻放。
能綻放花苞的，做得如此輕易。
他瞥上一眼，生命之液便在脈管中湧動。

他吹一口氣，花兒便展開羽翼，在風中飛舞。
色彩如心底的渴望一般，奔湧而出，芬芳流溢著香甜的秘密。
能綻放花苞的，做得如此輕易。

XIX

經過寒冬的摧殘，池塘裏只剩最後一朵蓮花了；花匠蘇達斯把它採下，到宮門口向國王出售。

在那兒，他遇到一位旅人，對他說："請問這最後一朵蓮花的價錢是多少——我想把它獻給菩陀。"

蘇達斯說："如果你付我一枚金幣，它就是你的了。"

旅人付了錢。

正在此時，國王走了出來，他希望買下這朵花，因為他正要去見菩陀，他想："把冬季開放的蓮花獻在菩陀腳下，那可是件好事。"

當花匠告訴他已經有人付給他一枚金幣後，國王說他願出十枚，而旅人又把這個價格翻了一倍。

這個貪婪的花匠，幻想著要從菩陀那兒得到更大的好處——因為為了他，他們爭相出價。他鞠了一躬，說："這朵蓮花我不賣了。"

城牆外，在芒果林寂然無聲的濃蔭下，蘇達斯站在菩陀面前，菩陀的唇間泛著無聲的愛，眼中閃著平和的光，宛若秋露蕩滌的晨星。

蘇達斯凝望著他的臉，把蓮花獻在他腳下，俯首向著塵土叩頭。

菩陀微笑著問："你有什麼願望，我的孩子？"

蘇達斯泣道："我只想碰碰您的雙腳。"

XX

讓我做你的詩人吧，黑夜啊，這籠罩著輕紗的黑夜！

有些人在你的暗影中無言地坐了數年；讓我唱出他們的心曲吧！

帶我坐上你那無輪的戰車，無聲無息地從一個世界駛向另一個世界，你這時間宮殿裏的王后，你這黑暗的美人。

許多滿含疑團的心靈悄悄潛入你的庭院，在沒有燈火的房中遊來遊去，搜尋答案。

許多被未知者手中的歡樂之箭射中的心，迸發出愉悅的讚歌，搖撼著黑暗，直至它的根基。

那些不眠的靈魂，疑惑地凝視著星光中他們驟然發現的財寶。

讓我做你的詩人吧，黑夜啊，做你那深不可測的靜謐的詩人。

XXI

終有一天，我會遇見我內心的生命，遇見隱藏在我生命中的歡樂，儘管歲月用它那懶散的塵埃模糊了我的道路。

我曾在恍惚之間認識了它，它飄忽的氣息一陣陣向我襲來，讓我的思緒一時間充滿芬芳。

終有一天，我會遇見身外那光明之屏背後的歡樂——我會站在漫溢的孤獨中，在那兒，一切都盡現造物者眼前。

XXII

這個秋天的早上，被過多的陽光累得疲倦慵懶，如果你的歌已經時斷時續，無精打采，就把你的笛子暫時交給我吧！

我只是隨性地信口吹奏——一會兒把它放到膝上，一會兒用雙唇觸它，一會兒又把它放到我身邊的草地上。

在莊嚴肅穆的黃昏裏，我將採集鮮花，並做成花環裝飾長笛，用芳香灌滿長笛；我還要把燈點燃，膜拜長笛。

然後，我將在夜晚來到你身邊，把長笛還給你。

當孤獨的新月在繁星之間漫遊時，你就吹奏一支午夜之曲吧！

XXIII

在風與水交織的樂音中，詩人的思緒浮游，並飄舞於生命的微波之上。

當夕陽西下，如墨的天空籠罩著大海，宛如濃密的睫毛垂在疲憊的雙眼上。該收起他的筆了，讓他的思緒在那永遠沈默的秘密中，沉入深深的海底。

XXIV

夜色很黑，你的沉睡深陷在我的靜默中。

哦，醒來吧，愛的痛苦，因為我不知如何把門打開，我只好站立在外面。

時光在等待，群星在觀望，風兒已平息，寂靜壓在我心頭上，如此沉重。

醒來吧，愛情，快醒來！注滿我空空的杯盞，用一曲輕歌攪動這黑夜。

XXV

晨鳥在歌唱。
天未破曉，夜之龍用那寒冷的黑爪緊扣著天幕，這清晨的消息從何而來？

告訴我，晨鳥，東方的使者是如何穿越天空與樹葉這雙重的夜色，找到通往你夢境之路的？
你高喊："太陽就要升起，黑夜就要過去。"可這世界並不相信。

哦，醒來吧，沉睡者！
摘下帽子，等待光明的第一聲祝福，在幸福的虔誠中與晨鳥一起歌唱。

XXVI

我內心的乞丐，向著沒有星星的天空舉起瘦弱的雙手，用饑餓的聲音在夜的耳邊吶喊。

他向茫然的黑暗祈禱，而那黑暗，正如荒涼無望的天堂裏躺著的墮落之神。

欲望的呼喚迴盪在絕望的深淵裏，哀鳴的鳥兒盤旋在空空的巢穴上。

但是，當清晨在東方的邊緣拋下船錨，我內心的乞丐跳躍著歡叫：

"幸虧那失聰的暗夜拒絕了我——它的保險箱早已空空如也。"

他叫道："生活啊，光明啊，你們如此珍貴，最終與你相識的歡樂如此珍貴！"

XXVII

恒河邊上，薩那丹在數著念珠禱告。一個衣衫襤褸的婆羅門來到他身邊說："行行好吧，我太窮了！"

"這個齋鉢是我的全部財產，"薩那丹說，"我已經把我所有的東西都給了你。"

"可我的主濕婆托夢給我，"婆羅門說，"他讓我來找你。"

薩那丹猛然想起，他曾在河岸的卵石中拾到一塊無價的寶石，他把它埋到了沙中，想著也許會有人需要它。

他給婆羅門指明了地點，婆羅門疑惑地挖出了寶石。

婆羅門坐在地上，獨自冥想，直到太陽落到林後，牧童趕著牛群回家。

隨後他站起身，慢慢地走到薩那丹身前，說："大師啊，給我哪怕一點這樣的財富吧，這種財富將會讓我對其他一切財富不屑一顧。"

說罷，他把寶石丟進了水裏。

XXVIII

一次又一次，我來到你的門口，舉起雙手，向你乞求更多更多。

你一次次施捨，時而精打細算，時而過分慷慨。

一些我帶走了，一些我放棄了；一些我沉甸甸地拿在手上；一些我製成了玩具，厭倦的時候就把它們打碎。終於，珍藏的東西和砸碎的殘骸堆積成山，遮掩了你；無休無止的期望消磨著我的心。

哦，拿走，拿走吧——現在成了我的呼喊。

砸碎這乞者碗中的一切吧；熄滅這盞糾纏不休的守夜者的燈；抓住我的手，把我從你這堆不斷膨脹的禮品中拉出來，帶我進入你那沒有擁擠人群的空曠無垠中去吧！

XXIX

你把我置入失敗者之列。

我知道我不會獲勝，但也不會退出比賽。

我將一頭紮進水池，儘管也只不過是沉入池底。

我將參加這場自我毀滅的比賽。

我會拿我的一切做賭注，當輸掉最後一文時，就把自己抵押上，我認為，這樣我就能置之死地而後生。

XXX

當你給我心穿上襤褸的衣裳，打發她上路乞討，一抹歡樂的笑容卻展現在天空中。

她拜訪了一家又一家，好多次她的碗要被盛滿，卻又被人搶走。

疲憊的一天就要結束，她端著可憐的飯碗，來到你的宮門，你過來牽起她的手，把她拉到寶座上，讓她坐到你的身邊。

XXXI

當舍衛城嚴重饑荒時，菩陀問他的門徒：“你們中誰願意承擔賑濟災民的重任？”

銀行家拉特那卡爾低著頭說：“要賑濟災民，我的財富遠遠不夠。”

皇家軍隊的將帥詹森說：“我甘願流血犧牲，可我家中的糧食並不多。”

擁有大量土地的達瑪帕爾歎息著說：“乾旱之魔把我的田地都吸乾了。我還不知如何繳納國王的捐稅呢。”

這時，托缽僧的女兒蘇普麗雅站起身來。

她向眾人鞠了一躬，怯聲說道：“我去賑濟災民。”

"什麼！"他們驚訝地喊了起來，"就憑你，靠什麼來履行你的誓約呢？"

"我是你們中最窮的一個，"蘇普麗雅說，"這就是我的力量。我的金庫和儲備都在你們家裏。"

XXXII

我不認識國王，因此當他要求進貢時，我狂妄地認為我可以躲藏起來，不償還這債務。

我逃啊逃，躲在白天的工作裏，躲在夜晚的睡夢裏。

但他的命令卻追隨著我的每一次呼吸。

於是，我明白了，他認識我，我沒有任何地方可以躲藏。

現在，我願意把我的一切都獻於他的腳下，以求在他的王國裏有我的棲身之地。

XXXIII

當我想從我的生命裏塑造一個你的形象，來讓人們頂禮膜拜，我帶來了我的塵土和欲望，以及我所有色彩繽紛的夢境和幻想。

當我請求你用我的生命塑造一個你心中的形象，讓你去愛，你卻帶來了你的烈火與力量，還有真理、愛與和平。

XXXIV

"陛下，"僕從向國王稟報說，"聖徒納羅丹從未屈尊進入您的皇家廟宇。

"他在路邊的樹下唱著對上帝的頌歌，廟裏卻空空如也，無人膜拜。

"人群圍繞著他，像蜜蜂圍著白蓮，全然不理盛滿蜂蜜的金壇。"

國王心中惱怒，走到坐在草地上的納羅丹身邊。

國王問他說："神父，你為何要離開我金頂的廟宇，而去坐到外面的灰土中宣揚上帝的愛？"

"因為上帝不在你的廟宇裏。"納羅丹說。

國王皺起眉頭說："你可知道，建造這座藝術上的奇跡耗費了我兩千萬兩黃金，我還舉行了豪華的儀式，來把它獻給上帝？”

“知道，我知道。”納羅丹回答，“就在那一年，成千上萬的百姓的房子被燒毀了，他們徒勞地站在你門口求你幫忙。

“上帝說：‘可憐的東西，不給他的同胞兄弟棲身之所，反倒來給我修建廟宇！’

“於是，他就和無家可歸的人們一起坐到了路邊的樹下。
“而那金色的泡沫裏除了驕傲的熱氣一無所有。”

國王氣急敗壞地喊道：“從我的王國裏滾出去！”
聖徒沉靜地說：“好吧，在你驅逐了上帝的地方也把我驅逐出去吧！”

XXXV

號角躺在塵埃裏。
風倦了，燈熄了。
啊，不幸的日子啊！

來吧，戰士們，帶著你們的旗幟；來吧，歌手們，唱著你們的戰歌！
來吧，朝聖者們，快快趕路吧！
號角正躺在塵埃裏等著我們。
我帶著晚禱的供品，走在通往教堂的路上，經過了一天的辛勞跋涉，我想找一個地方休息：希望我的創傷被治癒，袍襟上的污漬被洗淨，這時，我發現你的號角躺在塵埃裏。
難道此時不該為我點燃夜燈嗎？
難道夜晚還沒給星星唱催眠曲嗎？

哦，血紅的玫瑰啊，我熟睡的罌粟花已經蒼白凋謝了！
我確信我的流浪已經結束，我的債務已經償清，這時，我突然看見你的號角躺在塵埃中。
用你青春的魅力敲打我昏睡的心靈吧！

讓我生命的歡樂在火中熊熊燃燒吧，讓覺醒的利箭穿透黑夜的心臟，讓恐懼的悸動搖撼盲目與麻痺。

我趕來把你的號角從塵埃中拾起。

我不能再睡了——我的腳步將穿過暴雨般密集的利箭。

有些人將跑出家門來到我的身邊——而有些人將會哭泣。

有些人將在床上輾轉反側，在可怕的夢中呻吟。

因為今晚將聽到你的號角。

我向你乞求寧靜，卻招來了羞辱。

現在，我就站在你面前——幫我披上盔甲！

讓煩惱的鐵拳把烈火捶進我的生命。

讓我的心在痛苦中擂響你勝利的戰鼓。

我將徹底騰空我的手，來接你的號角。

XXXVI

噢，美麗的天神啊！當他們在歡樂中瘋狂，揚起的灰塵玷污了你的聖袍，這讓我痛心疾首。

我衝著你呼喊："拿起你的懲罰之棒去審判他們。"

晨光射在因通宵狂歡而佈滿血絲的眼睛上；潔白的百合花圍迎接著他們燃燒的氣息；繁星透過那神聖的黑暗之淵，凝視著他們的尋歡作樂——凝視著那些揚起灰塵玷污了你聖袍的人，噢，美麗的女神啊！

你的審判席在花園裏，在春日群鳥啼鳴的音符裏；在綠樹成蔭的河岸上，那沙沙作響的林木回應著浪花的呢喃。

哦，我的愛人啊！他們的激情裏全是冷漠。

他們潛伏在黑暗中，攫走你的首飾來裝點自己的欲望。

當你在他們的打擊下感到痛苦時，我也立刻感到被刺傷，於是衝著你喊道："拿起你的劍，我的愛人，去審判他們！"

啊，可你的審判是警醒的。

母親的眼淚流在他們的傲慢無禮上；情人不朽的誓言把他們的背叛之劍藏進自己的傷口中。

你的審判在不眠之愛的緘默無言的痛苦裏，在貞潔者的羞澀裏，在孤獨者寂寥之夜的淚水裏，在灰白色的寬容的晨曦裏。

哦，令人敬畏的神啊，他們在瘋狂的貪婪中乘著夜色爬過你的門，闖入你的倉庫搶劫。

然而，他們搶劫的財物越來越重，重得讓他們無法搬動。

於是我衝著你呼喊："饒恕他們吧，令人敬畏的神！"

你的寬恕在暴風雨中迸射而出，把他們甩下去，把他們的贓物甩進塵土裏。

你的寬恕在霹靂裏，在血雨裏，在夕陽憤怒的殷紅裏。

XXXVII

菩陀的門徒烏帕吉普塔睡在馬圖拉城牆邊的塵土中。

一盞盞燈都熄滅了，一扇扇門都關閉了，一顆顆星都在八月陰暗的天空裏隱沒了。

是誰的雙腳，戴著叮噹作響的腳鐲，猛然間觸到了他的胸膛？

他被驚醒了，一個女子的燈照亮了他寬容的雙眼。

原來是一位跳舞的姑娘，被珠寶點綴得星光閃爍，淡藍色的披風如輕雲般繚繞，沉醉於青春的美酒之中。

她放低燈盞，看那張年輕的臉，淳樸而美麗。

"原諒我，年輕的苦行僧，"女子說，"請你賞光來我的房中吧！這積滿塵埃的大地不適合做你的床。"

苦修者說："姑娘，繼續走你的路吧，時機成熟之時我會去找你的。"

突然間一道電光閃現，黑夜露出了猙獰的牙齒。

暴風雨在天空的一角咆哮，女子在恐懼中顫抖。

……

路邊，繁花綴滿枝頭，樹被壓得疼痛不已。

遠方溫暖的春天的空氣裏飄來了歡快的笛聲。

城裏人到林間來過百花節。

月滿中天，凝望著沉寂的城鎮的陰影。

年輕的苦修者在清冷的街頭行走，而頭上是害了相思病的杜鵑，在芒果樹枝頭傾訴著不眠的哀怨。

烏帕吉普塔走過城門，站在護城堤下。

城牆陰影裏的女人染上了黑色的瘟疫，遍體瘡痕，被趕出城門，匆匆忙忙地來到他的腳下，這女人是誰？

苦修者坐到她身邊，把她的頭放在自己的膝蓋上，用水潤濕她的嘴唇，用藥膏塗抹她的身體。

"你是誰，慈悲的人啊？" 女子問道。

"拜望你的時間終於到了，所以我就來了。" 年輕的苦修者回答道。

XXXVIII

我的愛人，我們之間並非僅僅是愛情遊戲。

暴風雨呼嘯的夜晚一次次向我襲來，吹滅了我的燈；黑暗的疑雲聚攏過來，遮掩了我天空中所有的星星。

岸堤一次次決口，任洪水沖走我所有的果實，哀鳴和絕望徹頭徹尾地撕碎了我的天空。

這讓我瞭解到，在你的愛情裏有痛苦的打擊，但絕沒有死亡的冷漠與沉寂。

XXXIX

牆崩裂了，光明，像神聖的笑聲破門而入。啊，勝利了，光明！

黑暗的心被刺穿了！

用你閃著寒光的劍把糾纏在一起的疑惑與軟弱的欲望劈成兩段！

勝利了！

來吧，不協調的光明！

來吧，你這白色中令人生畏的光明。

光明啊，你的戰鼓在烈火的進軍中被擂響了，紅色的火炬被高高舉起，在迸發出的一片輝煌中，死神死去了！

XL

啊，火，我的兄弟，我為你歌唱勝利。

你是極度自由的紅亮鮮豔的形象。

你在天空揮舞著雙臂，你的手指在琴弦上飛速地跳躍，你的舞曲如此優美。

當我的歲月結束，大門開啟的時候，你會把束縛我手腳的鎖鏈燒成灰燼。

我的軀體將與你融為一體，我的心將被捲進你狂暴的旋渦，那燃燒的熱浪就是我的生命，它將騰躍閃爍，融入你的火焰。

XLI

夜晚，船夫將船駛進了波濤洶湧的大海。

猛烈的風鼓滿了船帆，讓桅杆疼痛不已。

天空被深夜的利齒咬傷，落入大海，中了黑色恐怖的毒。

波浪把它們的頭猛撞在無法目睹的黑暗上，船夫正在橫渡波濤洶湧的大海。

船夫出海了，我不知道他要去赴什麼樣的約會，他那突然顯現的白色船帆，震驚了黑夜。

我不知道他最終會在哪個海岸登陸，去那亮著燈光的寂靜院落，尋找坐等在塵土中的她。

他在追尋什麼？什麼讓他的船不畏風暴，不畏黑暗？

它載著沉甸甸的寶石和珍珠嗎？

啊，不，船夫沒帶什麼珍寶，只有手中的一朵白玫瑰，唇邊的一支歌。

那是為她準備的，那在夜晚燃著燈火獨自守望的她。

她住在路邊的茅屋裏。她披散的秀髮在風中飄舞，遮住了她的眼睛。

狂風呼嘯著吹過她破舊的房門，微弱的光在她的瓦燈裏閃爍，把她的影子投在牆壁上。

透過風的怒吼，她聽到他在呼喚她的名字，而她的名字並不為人所知。

　　船夫出航很久了。而離天亮還有很長時間，離他敲開房門還有很長時間。

　　不會有鼓聲，也不會有人知道。

　　只有光明將填滿屋子，灰塵會受到祝福，心兒會歡悅。

　　船夫上岸時，所有疑慮都將消失在寂靜中。

XLII

　　在塵世歲月的狹窄河流中，我緊緊抱住這活生生的竹筏——我的軀體。

　　渡河之後，我會離開它。可以後呢？

　　我不知道對岸的光明與黑暗是否相同。

　　未知的是永恆的自由：

　　他的愛中沒有憐憫。

　　他砸碎貝殼，尋找那被囚禁在黑暗中啞然無語的珍珠。

　　你沉思冥想，為逝去的歲月哭泣，可憐的心啊！

　　為那即將到來的時光，高興起來吧！

　　哦，朝聖者啊，鐘聲敲響了！

　　你該在這路口作出選擇了！

　　他將再一次揭開面紗與你相見。

XLIII

　　國王賓比薩爾為釋迦牟尼的舍利子修建了一座聖祠，這是一份用潔白的大理石表達的敬意。

　　晚上，王室所有的新娘和女兒都會來到這裏，點燃燈，獻上鮮花。

　　王子成為國王以後，用鮮血洗盡了父王的信仰，用神聖的佛經點燃了獻祭之火。

　　秋天就要逝去了。晚禱的時間就要到了。

　　王后的侍女茜莉瑪蒂是釋迦牟尼的忠實信徒。她在聖水中沐浴過後，用一盞盞明燈，一朵朵潔白的鮮花鑲滿金盤，然後靜靜地抬起烏黑明亮的眼睛，注視著王后的臉。

王后在恐懼中戰慄著，說道：「你難道不知道嗎，蠢姑娘，去聖祠祭拜的人都會被處死的，不管是誰？」

「這是國王的旨意。」

茜莉瑪蒂向王后鞠了一躬，轉身出了房門，來到王子的新娘阿蜜達面前。

新娘正對著膝頭光燦燦的鏡子編著她烏黑的長辮，並在髮際分開處點上一顆吉祥的朱砂痣。

當她看到這個年輕的侍女時，雙手顫抖起來，驚叫道：「你給我帶來多麼可怕的災禍啊！趕緊走開吧！」

蘇克拉公主坐在窗前，伴著夕陽的餘暉，讀著她的浪漫愛情故事。

當她看到侍女捧著神聖的祭品站在門口時，她驚跳了起來。

書從她的膝蓋上滑落，她在茜莉瑪蒂耳邊悄聲說：「大膽的丫頭，別趕著去送死！」

茜莉瑪蒂走過一扇又一扇門。她昂起頭高喊：「王室的女子們，快來啊！」

「該敬拜菩陀啦！」

有些人當著她的面把門關上，有些人斥責她。

白天的最後一抹光亮從宮殿的古銅穹頂上消失了。

深黑的影子投落到街道的角落裏：城市的喧囂匆匆地沉寂了；濕婆神廟的鐘聲敲響了，宣告著晚禱時間的來臨。

黑暗中的秋夜，如清澈的湖水般深沉，星星閃爍著光輝。王宮花園的士兵透過樹木驚訝地發現，菩陀的聖祠前燃著一排明燈。

他們拔出劍跑過來，吼道：「蠢東西，你是誰，想送死嗎？」

「我是茜莉瑪蒂，」一個甜美的聲音答道，「釋迦牟尼的僕人。」

接著，她心中的熱血染紅了冰冷的大理石。

繁星寂然無聲，聖祠前最後一盞敬拜的燈熄滅了。

XLIV

站在你我之間的白晝終於躬身告辭了。

黑夜拉起了她的面紗，也遮掩了燃在我房中的那一盞燈。

你黑暗的僕人無聲無息地進來，為你鋪好婚禮的地毯，讓你與我單獨坐在無語的沈默中，直到天亮。

XLV

我的夜晚是在悲痛的床上度過的，我的眼睛疲憊了。我沉重的心還沒有準備好，來迎接這歡樂洋溢的清晨。

給這赤裸的光籠上輕紗，把這耀眼的光芒和生命的舞蹈從我身旁招走吧！

讓你黑暗而柔軟的披風把我隱在它的褶皺裏，讓我的痛苦得以暫時與外部世界的壓力隔離。

XLVI

當我能夠報答我所接受的一切時，時光已經消逝。

她的黑夜找到了自己的清晨，你把她擁入懷中；我把本該帶給她的感激與禮物獻給了你。

我來到你的面前請求寬恕，寬恕我對她的冒犯與傷害。

我把我愛情的鮮花也獻給你吧，而那時她曾怎樣地等待這些花苞綻放啊。

XLVII

我發現我原來的幾封書信被小心地珍藏在她的盒子裏——幾個供她的回憶遊戲的小玩具。

她懷著膽怯的心試圖把這些小東西從時光的激流中偷走，她說："它們只屬於我！"

啊，現在沒有人來認領它們了，儘管它們原封未動，可有誰會付出代價來精心照料它們呢？

這個世界上定有真愛存在，讓它免於丟失，就像她的這份愛，讓她癡心地珍藏這些信件。

XLVIII

女人啊，把美與秩序帶入我這淒涼的生活中吧，就像你活著的時候把它們帶進我的房中一樣。

拂卻時光的塵屑，裝滿空空的罐子，修補被忽略的一切。

然後打開神殿裏面的門，點上燭火，讓我們在上帝面前默默地相見吧！

XLIX

我的主啊，琴弦被調好時，多麼地痛苦啊！

奏起你的音樂吧，讓我忘掉痛苦；讓我在美麗中感受你在這無情歲月裏的心聲。

逐漸退卻的夜色徘徊在我的門口，讓她在歌聲中離開吧！

我的主啊，在從你的繁星中飄灑下來的仙樂中，把你的心注入我的生命之弦吧！

L

在雷電閃爍的瞬間，我在我生命中看到了你巨大的創造力——一種經歷多次生死輪迴，從一個世界到另一個世界的創造力。

當我看到我的生命落到毫無意義的時光的手中時，我為自己的毫無價值而哭泣——但是，當我看到它在你的手中時，我知道它太寶貴了，不能蹉跎在陰影之中。

LI

我知道，在某一天的暮色中，太陽將向我告別。

牧童將在榕樹下面吹奏他們的笛子，牛兒將在河岸的斜坡上吃草，而我的時光將滑入黑暗。

這是我的企求：在我離開之前，讓我明白大地為什麼呼喚我進入她的懷抱。

為什麼她夜晚的寂靜向我敘述星星的故事，為什麼她的白晝把我的思緒吻成鮮花。

在我離開之前，讓我再逗留片刻，斟酌我最後的詩句，完成它的曲子；讓我點亮燈，看看你的臉，看那編好的花冠戴在你的頭上。

LII

那是什麼樣的樂曲，把世界搖晃在其中？

當它叩擊生命的巔峰時，我們歡笑；當它重返黑暗時，我們在恐懼中畏縮。

然而不變的演奏，和著無窮無盡的樂律，跌宕起伏。

你把你的財富藏在手掌心裏，我們叫喊著我們遭到了搶劫。

但是，你可以隨意地把手掌開開合合，得失之間毫無分別。

你與自己玩同樣的遊戲，輸輸贏贏都在同一時刻。

LIII

我用眼睛與肢體擁抱親吻這世界；我曾經一層層地把它包裹在我的心中；我曾用思想淹沒了它的日日夜夜，直到世界與我的生命融為一體——我熱愛生命，因為我熱愛與我交織在一起的天空的光明。

如果離開這個世界如此真實，像愛它一樣真實——那麼，人生的聚聚散散必定有非凡的意義。

如果愛在死亡中被欺騙，那麼這種欺騙的癌症就會吞噬萬物，星星也會委靡，變得黯然無光。

LIV

雲對我說："我要消失了。"
夜對我說："我要跳入火一般熾熱的黎明中。"
痛苦對我說："我要保持深深的沈默，如同他的足跡一般。"
我的生命對我說："我要在完滿中死去。"
大地對我說："我的光明時刻都在親吻著你的思想。"

愛情對我說："時光流走了，但我依然等待你。"
死亡對我說："我駕著你的生命之舟穿越大海。"

LV

詩人杜爾西達斯在恒河之畔，在焚化死者的淒涼之處徘徊著，沉思著。

他發現一個女人坐在她丈夫的屍體旁，衣著華麗，像要去參加婚禮。

看到他時，女人站起身來，向他鞠躬施禮，說道："大師，請允許我帶著你的祝福，隨我的丈夫去天堂。"

"為何這樣著急呢，我的女兒？"杜爾西達斯問道，"難道這世間不同樣屬於創造了天堂的上帝嗎？"

"我並不渴求天堂，"女子說，"我想要我的丈夫。"

杜爾西達斯微笑著對她說："回家吧，我的孩子。不出這個月，你就會找到你丈夫的。"

女子懷著幸福的希望回家了。杜爾西達斯每天去看她，讓她作高深的思索，直到她心裏充滿了神聖的愛。

當這個月就要結束之時，她的鄰居來看她，問："婦人，你找到你的丈夫了嗎？"

寡婦微笑著說："找到了。"

他們急切地問："他在哪兒？"

"在我心中，與我相伴。"女子說。

LVI

你在我身邊盤桓片刻，用造物主心中女性偉大的奧秘來撫摩我。

她不斷地送還上帝給予她的漫溢的甜蜜；她是自然界永遠清新的美麗與青春；她在汨汨的溪流裏翩翩起舞，在清晨的陽光中展開歌喉；她用滾滾的波濤哺育乾渴的大地；在她身上，造物主一分為二：無法遏制的歡樂和氾濫的愛情之痛。

LVII

那深藏在我心裏，永遠孤獨的女子是誰？

我追求過她，卻未能贏得她的芳心。我用花環裝扮她，用歌聲讚美她。

她臉上閃出一絲微笑，倏地又消失了。

"我從你那裏得不到歡樂。" 她哭了，悲傷的女子啊。

我給她買了腳鐲，上面鑲著珠寶，我用綴玉的扇子給她扇風，我在金床上為她打鋪。

她眼裏閃出一道歡樂，然後卻又消失了。

"我從這些東西裏得不到歡樂，" 她哭了，悲傷的女子啊。

我讓她坐上凱旋的車子，駕車帶她去天涯海角。

被征服的心拜伏在她的腳下，歡呼聲響徹雲霄。

片刻間，她眼裏閃爍著驕傲的神采，卻又隨即在淚水中暗淡。

"我在征服中得不到快樂。" 她哭了，悲傷的女子啊。

我問她："告訴我，你在尋找誰？"

她只是說："我在等一個不知姓名的人。"

時間一天天流逝，她哭道："我那不相識的心上人何時到來，何時能讓我永遠地認識他直到永遠？"

LVIII

你的光明是從黑暗中迸發而出的，你的善良是從鬥爭之心的裂縫中萌生的。

你的房子是向世界敞開的，你的愛呼喚人們奔赴戰場。

你的禮物仍然是一種收穫，即使萬物都是一種損失，你的生命是從死亡之穴流出的。

你的天堂建築在塵世的土地上，你留在那裏，為我，也為一切。

LIX

當旅途的勞頓和酷暑的乾渴把我壓倒時，當陰森的黃昏把陰影投向我的生命時，我的朋友啊，那時我呼喚的不只是你的聲音，還有你的撫摩。

我心中極度痛苦，因為承受著未把財富交給你的負擔。

從黑夜中伸出你的手，讓我抓住它，填滿它，並保留它；讓我在這漫長的孤獨中感受它的撫摩。

LX

芬芳在蓓蕾中叫嚷：“天哪，一天過去了，春日裏歡樂的一天啊，而我卻被囚在花瓣裏！”

別灰心，羞怯的小東西！你的桎梏會破裂，花苞將會綻成花朵，而即使你在生命的鼎盛之際死去，春天也依然存在。

芬芳在蓓蕾裏暴跳喘息，叫嚷著：“天哪，時間一點點溜走，而我卻還不知去向何方，不知追尋何物！”

別灰心，羞怯的小東西！和煦的春風聽到了你的願望，你完成你的使命時，白晝依然存在。

未來對她是一片黑暗，芬芳絕望地哭道：“天哪，是誰的過失讓我的生命這般沒有意義？”

“誰能告訴我，我究竟是為了什麼？”別灰心，羞怯的小東西！完美的黎明臨近了，那時，你的生命將融入所有的生命，最終明白你生活的意義。

LXI

我的主啊，她仍舊是一個孩子。

她在你的宮殿裏奔跑嬉戲，還試圖把你當做玩具。

她披散著頭髮，把不修邊幅的衣服拖在塵土裏，卻毫不在意。

當你問她話時，她竟然睡去，不去回答——而早晨你贈給她的花也從她手中滑落到塵土中。

風雲突起，黑暗籠罩了天空，她睡意全消；她的洋娃娃散亂地躺在泥土中，她驚恐萬分地緊緊偎依著你。

她害怕她不能侍候你。

而你微笑著看她做遊戲。

你瞭解她。

這個坐在塵土中的孩子是你命中註定的新娘；她的遊戲會停下來，並將深化成愛。

LXII

"太陽啊，除了天空，還有什麼能擁抱你的形象？"

"我夢到了你，可我不敢奢望為你效勞，"露珠哭泣著說，"我太小了，載不動你，我的生命全都是眼淚。"

"我能照亮無邊的天空，也能把自己獻給一顆小小的露珠，"太陽這樣說，"我會化做一縷光芒來充實你，你小小的生命會成為一顆歡笑的星球。"

LXIII

我不要那不懂節制的愛，那只不過像是冒著泡沫的酒，它會從杯中溢出，頃刻間化為烏有。

賜予我這樣的愛吧，清涼純淨，像你賜福於乾渴的大地、注滿家中陶罐的雨。

賜予我這樣的愛吧，滲透到生命的核心裏，並從那兒蔓延下來，像看不見的樹液流經生命之樹，並開花結果。

賜予我這樣的愛吧，讓我的心充滿和平與寧靜。

LXIV

太陽已經在小河西岸那枝葉錯綜的密林裏沉落了。

隱修院的男孩子們放牧歸來，圍坐在火爐邊，聽高塔馬大師講經，這時，一個陌生的男孩子走過來，給大師獻上水果和鮮花，深深地伏在大師腳下，用小鳥一樣的聲音說道："主啊，我到你這裏來，向你請教那至高無上的真理之路。"

"我叫薩蒂雅卡瑪。"

"願上帝保佑你。"大師說。

"我的孩子，你屬於哪個宗族？只有婆羅門才配追求最高的智慧。"

孩子回答道：“大師，我不知道我屬於什麼宗族，我得回家問問我的母親。”

薩蒂雅卡瑪說完就離開了，他趟過淺淺的小溪來到母親的小屋。小屋坐落在沉睡的村子邊上荒涼的沙灘盡頭。

房內的燈火昏暗朦朧，母親站在門口等待兒子歸來。

她把兒子摟在懷裏，吻了吻他的頭髮，詢問他見大師的情況。

“我父親叫什麼名字，親愛的母親？”男孩問道。

“只有婆羅門配追求最高的智慧，這是高塔馬大師對我說的。”

這位婦人垂下眼睛，喃喃地說：

“我年輕時很窮，有過許多主人。你確實來到了你母親嘉萊采的懷裏，但是，親愛的孩子，我沒有丈夫。”

朝陽的光芒照耀在隱修院的樹梢上。

古老的大樹下，弟子們坐在大師面前，清晨沐浴過後，他們蓬亂的頭髮還是濕淋淋的。

薩蒂雅卡瑪走了過來。

他深深地伏在大師腳下，然後靜靜地站到一旁。

“告訴我，”大師問他，“你屬於哪個宗族？”

“我的主啊，”他答道，“我不知道。我問過我的母親了，她說：‘我年輕時曾侍候過許多主人，你確實來到了你母親嘉萊采的懷裏，可是，我沒有丈夫。’”

一陣竊竊私語像受到驚擾的蜂巢爆發出憤怒的嗡嗡聲；弟子們嘰嘰咕咕地指責這被遺棄的不知羞恥的狂徒之言。

高塔馬大師從坐位上站了起來，伸出雙臂，把男孩子攬在懷裏，說道：“你是婆羅門裏最高貴的，我的孩子。你繼承了最高貴的忠誠。”

LXV

也許在這座城市裏，有一所房子，就在今天清晨旭日的愛撫下永遠敞開了門。光明在這裏完成了使命。

鮮花在籬笆上、在花園裏開放，在那裏也許有一顆心，今天清晨發現了在永恆的時光之旅中的禮物。

LXVI

心兒啊，聽，他笛子中的樂曲，是野花的芳香，是閃爍的綠葉，是晶瑩的浪花，是蜂翼與樹蔭的共鳴。

笛子從我朋友的唇上竊取了微笑，把它灑到我的生命裏。

LXVII

你總是獨自站在我歌聲匯成的溪流的彼岸。

我音韻的波浪沖洗著你的雙腳，但我不知道該如何靠近它們。

我與你的這個遊戲是遙遠的遊戲。

那是分離的痛苦，融成樂曲，從我的長笛中流出。

我等待著那一刻，你的小舟劃到我的岸邊，你把我的笛子拿到自己的手裏。

LXVIII

我的心窗突然在今天早上打開了，面朝著你的心。

我驚訝地看到，你所知道的我的名字，就寫在四月的繁花密葉上，我靜默地坐下來。

你與我歌聲之間的帷幕暫時被吹開。

我發現你的晨光中滿是我自己沈默未唱的歌謠；我想我會在你的腳下學會它們的——我靜默地坐下來。

LXIX

你在我心的中央，因此當我的心流浪時，她從未找到過你；你自始至終躲避著我的愛情和希望，因為你始終置身它們之間。

你是我青春遊戲中最深摯的歡樂，當我癡迷於遊戲時，歡樂卻擦肩而過。

你在我生命的狂喜中向我歌唱，而我卻忘記了為你歌唱。

LXX

當你把燈舉到空中時，燈光照到我臉上，陰影落到我身上。

當我在心中舉起愛情之燈時，燈光灑在你身上，我卻被丟在陰影中。

LXXI

啊，波浪，吞吐長天的波浪，你光芒閃爍，生命跳躍；翻騰著歡悅的旋渦，奔流不息的波浪！

星星晃動在波浪上，多姿多彩的思想從大海深處湧上來，灑落在生命的海灘上。

生與死隨著它們的節奏跌宕起伏，我心靈的海鷗伸展羽翼，欣然高歌。

LXXII

快樂從全世界奔湧而來，塑成了我的軀體。

天空的光芒把她一遍遍地親吻，直到她醒來。

夏季匆忙的花兒在她的呼吸裏歎氣，風與水的聲音在她的舉止間歌唱。

雲翳與樹林間繽紛的色彩之潮將激情湧入她的生命，萬物的樂曲把她的肢體愛撫得婀娜多姿。

她是我的新娘——她已在我的房中點燃了她的燈。

LXXIII

春天帶著綠葉和鮮花進入我的身體。

蜜蜂在整個早上嗡嗡吟唱，風兒悠閒地與影嬉戲。

一股甘泉從我心中噴湧而出。

我的雙眼被喜悅沖洗，猶如被雨露洗滌的清晨，而生命在我的四肢裏顫動，猶如鳴響的琴弦。

我無窮歲月的愛人啊，是你在我生命的堤岸獨自徘徊嗎？

我的夢是否在圍繞著你飛翔，像一隻隻長著七彩翅膀的飛蛾？

你的歌聲是否迴響在我生命的黑暗的岩洞中？
除了你，誰還能聽見今天我血管裏擁擠時光震動時的轟鳴？誰還能聽到我胸中歡快舞動的腳步，聽到我體內永不靜止的生命拍打羽翼時的躁動？

LXXIV

我的鎖鏈已斷，債務已清，門扉已開，我向四處飛奔。
他們蜷縮在角落裏，編織著他們蒼白的時間之網，他們坐在塵土中，數著他們的硬幣，召喚我回去。
但我的劍已鑄好，我的盔甲已披上身，我的馬兒已在聽候命令。
我將贏取我的王國。

LXXV

僅僅幾天前，我來到你的大地上，赤裸裸的，無名無姓，伴著一聲悲痛的哭喊。
今天，我的聲音歡快愉悅，而你，我的主，卻站在一旁，讓出空間供我來充實自己的生命。

甚至當我帶來奉獻給你的歌曲時，我還暗暗期望，人們會聞聲而來，為之愛我。
你很想發現我已經愛上你帶我來到的這個世界。

LXXVI

我曾膽怯地蜷縮於安全的陰影裏，而現在，當幸福洶湧的波濤把我甩到它的浪尖時，我的心卻緊緊依附在它苦惱而冷酷的岩石上。
我曾獨自坐在我房間的一角，認為它狹窄至極，根本無法容納客人；但現在，當不期而至的歡樂突然撞開房門，我不僅發現這兒有空間容納你，也能容納整個世界。
我曾踮著腳尖走路，小心留意著自己的容顏、薰香和裝扮——但現在，當歡樂的旋風把我摔倒在塵土裏時，我便歡笑著滾落在你腳邊的泥土中，像一個孩子。

LXXVII

世界曾經是你的，也將永遠是你的。

因為你不缺少什麼，我的國王啊，你的財富並不能給你帶來任何歡樂。

它彷彿空空如也。就這樣在這緩緩的歲月中，你把屬於你的東西給了我，不停地在我身上贏取你的王國。

日復一日，你從我的心中購得你的日出，而你卻發現你的愛塑成了我生命的形象。

LXXVIII

你把歌給了鳥兒，鳥兒也用歌來回報你。

你只把聲音送給我，卻對我要求更多，而我，也同樣歌唱。

你造就你的風的輕盈，它們輕巧迅捷地為你完成使命。你把我自己可以卸去的沉重的負擔壓在我手上，終於，我能夠毫無負擔地自由為你效勞。

你創造了大地，並用片片光明填充陰影。

你停下來，留下我空手在塵土中為你建造天堂。

對其他萬物，你都是給予，而對我，你是索取。

我生命的果實在陽光雨露中成熟，直到我的收穫超過了你的播種，你才心花怒放，哦，金色穀倉的主啊！

LXXIX

別讓我為免遭災難而乞求吧，讓我勇敢地面對它們。

別讓我為平息苦痛而乞求吧，讓我有一顆征服苦痛的心。

別讓我在人生的戰場上尋找盟友吧，讓我擁有自己強大的力量。

別讓我在恐懼焦灼中渴望拯救吧，讓我渴望贏取我自由的耐心。

答應我吧，別讓我成為懦夫，僅僅在成功時才感受到你的恩典；讓我在失敗時也發覺你雙手緊握的力量。

LXXX

當你獨處時，你並不瞭解自己，風從這裏吹向遙遠的海岸，沒有一聲急切的呼喚。

我來了，你醒了，天空盛開了光明之花。
你讓我繁花盛開；你在千姿百態的搖籃裏搖我入眠；你把我藏在死亡裏，又在生命裏找到了我。

我來了，你心潮起伏，悲喜交集。
你對我的撫摩，化為愛的顫動。

但我眼中有一層羞澀，胸中有一絲閃爍的恐懼；我臉上戴著面紗，看不到你時，我哭了。
然而，我知道，你心裏有一種與我相見的無窮欲望，它伴著日出一次次叩門，在我門口呼喚。

LXXXI

你，在無窮無盡的守望中，傾聽著我走近的腳步聲，而你的喜悅聚集在晨光裏，射出道道光芒。

我越靠近你，大海狂舞的激情越猛烈。

你的世界是你手中光芒四射的花枝，而你的天堂在我秘密的心底；它在羞澀的愛情裏徐徐綻放花蕾。

LXXXII

獨自坐在我沈默思想的陰影裏，我將呼喚你的名字。
我呼喚它，不用語言，我呼喚它，沒有目的。

我就像一個孩子上百次地呼喚媽媽一樣，只為能說出"媽媽"二字而高興。

LXXXIII

I

我感到所有的星星都在我心中閃耀。世界像洪水一般湧進我的生命。

鮮花在我的身體裏盛開，水與陸的全部青春，像一縷薰香在我心中冉冉升起；萬物的氣息吹拂著我的思緒，像吹奏著短笛。

II

當世界沉睡時，我來到你的門前。

群星沉寂，我不敢歌唱。

我等待著，觀望著，直到你的身影掠過夜晚的陽臺，我才懷著充實的心返回。

於是，我會在清晨的路邊歌唱；

籬笆內的鮮花向我作答，清晨的空氣在聆聽。

旅人驀然停步，看著我的臉，以為我在叫他們的名字。

III

把我留在你的門口，供你隨意驅遣，讓我接受你的召喚，在你的王國裏奔走。

別讓我在衰萎的深淵裏沉淪消散。

別讓我的生命因為空虛無聊而累得支離破碎。

別讓那些懷疑——那惹人心煩的灰塵——將我包圍。

別讓我奔波勞碌地去聚集財物。

別讓我摧折自己的心來屈從別人的支配。

讓我勇敢地抬起頭，為成為你的僕從而驕傲。

LXXXIV

伐手

你是否聽到遠方死亡的喧囂？是否聽到火海與毒雲之間的呼叫？——那是船長呼喚舵手把船轉向一個未知的海岸，因為時間——在港口停止的時間——已經過去了——在這兒，同樣陳舊的貨物無休止地買進賣出，在這兒，死去了的東西漂浮在真實的疲憊與空虛之中。

他們從突然的恐懼中驚醒，問："夥伴們，鐘指向幾點了？天什麼時間才亮？"濃雲遮住了群星——誰能看到白天的招手示意？他們手拿著槳跑了出來，床鋪空了，母親在祈禱，妻子在門前守望；離別的痛哭衝上天空，船長的聲音在黑暗中響起："起航了，水手們，不要在港口停留啦！"

世界上所有黑色的邪惡都泛出了堤岸，然而，伐手們啊，靈魂裏懷著悲痛的祝福各就各位吧！你們責備誰呢，兄弟們？低下你們的頭吧！這罪孽是你們的，也是我們的。上帝心中年年增長的熱量——懦夫的軟弱，強者的驕橫，富貴者的貪婪，受害者的仇恨，種族的驕傲，對人的侮辱——打破了上帝的平靜，在暴風雨中咆哮。

讓暴風雨撕碎它的心，像成熟的豆莢，噴射出雷霆。別再誇誇其談，貶人揚己，前額上帶著默默祈禱的平靜，揚帆駛向那無名的彼岸。

我們每天認識罪孽、邪惡與已知的死亡；它們像雲一樣掠過我們的世界，以閃電般短暫的大笑嘲弄著我們。突然間，它們停下來，變得恐怖，人們必須站在它們面前說："怪物啊，我們不怕你！因為在征服你的時間裏，我們生活了一天又一天，當我們死時會抱著這樣的信念：和平是真實的，善良是真實的，永恆的上帝是真實的！"

如果永生不住在死亡的心裏，如果愉快的智慧不是衝破悲傷的外殼而綻放出花朵，如果罪孽不是死於自我暴露，如果驕傲沒有被虛榮的重負壓垮，那麼，驅策這些人離開家園，如同繁星在晨光中奔向死亡的希望，來自何方？難道那完全灑落於塵埃的殉難者的鮮血和母親的眼淚的代價，還換不來天堂的位置嗎？難道人們衝破生與死的束縛時，不是自由顯現的時刻嗎？

LXXXV

失敗者之歌

當我站在路旁時，我主吩咐我唱失敗者之歌，因為那是他暗中追求的新娘。

她戴上了黑色的面紗，讓眾人看不見她的臉，而她胸前的珠寶卻在黑暗中閃耀著光輝。

她被白晝拋棄，而上帝的夜晚正拿著點燃的燈和帶露的花等候著她。

她低垂雙目，沈默無語；她把家丟在身後，風聲中傳來了她家裏的哀泣。

然而，面對一張含羞帶痛的嬌美的臉，星星們正唱著一支永恆的情歌。

孤寂的房門打開了，呼喚的聲音響起來了，黑暗的心臟因為即將到來的約會而驚悸不止。

LXXXVI

感 恩

走在傲慢之路上的人們，踐踏著卑微的生命，沾滿鮮血的腳印覆蓋了大地鮮嫩的綠色；

主啊，感謝你，讓他們歡慶屬於自己的今天吧！

然而我感激，感激我的命運與卑微者相連，他們受苦受難，背負著權貴的欺壓，卻在黑暗中掩面而泣。

因為他們每次痛苦的悸動，都在你黑夜的秘密深處劇顫，他們的每一次屈辱都匯入你巨大的沈默之中。明天是他們的。

哦，太陽，升起在清晨因綻放花朵而滴血的心上吧；傲慢狂歡的火炬之光，化為灰燼吧！

吉檀迦利

GiTanJiali

When thou commands me to sing it seems that my heart would break with pride;
and I look to thy face,
and dissonant in my life melts into one sweet harmony--
and my adoration spreads wings like a glad bird on its flight across the sea.
I know thou takes pleasure in my singing.
I know that only as a singer I come before thy presence.
I touch by the edge of the far--spreading wing of my song thy feet which I could
never aspire to reach.

當你命我歌唱時，我的心驕傲得近乎破碎；
凝望著你的臉，淚水充盈了我的雙眼。
我生命中所有的不和諧，都融入甜美的音樂——
我對你的崇拜像一隻快樂的小鳥，展翅飛過大海。
我知道你喜歡聽我吟唱，我知道我只有作為歌者，才能靠近你。
我用我遠播的歌聲的翅尖，
輕撫你的雙腳，這是我從來不曾奢望過的。

歌者

當你命我歌唱時，我的心驕傲得近乎破碎；凝望著你的臉，淚水充盈了我的雙眼。

我生命中所有的不和諧，都融入甜美的音樂——我對你的崇拜像一隻快樂的小鳥，展翅飛過大海。

我知道你喜歡聽我吟唱，我知道我只有作為歌者，才能靠近你。

我用我遠播的歌聲的翅尖，輕撫你的雙腳，這是我從來不曾奢望過的。

我沉醉於歌唱的喜悅，忘了自己。你是我的主人，我卻稱你為我的朋友。

聖歌

我的主人，我不知道你怎樣歌唱！我卻總在沉寂的驚奇中聆聽。

你那音樂的光環照亮全球。你那音樂的氣息貫徹天宇。你那音樂的聖流漫過一切阻擋的岩石，奔湧向前。

我渴望與你合唱，卻掙扎不出一點兒聲音。我想說話，但言語代替不了歌唱，我發不出聲來。呵，我的心已被你無盡的音樂之網俘虜，我的主人！

蘆笛

你已使我獲得永生，你樂於此道。你一次次地清空這脆薄的笛管，又不斷填以新鮮的生命。

這小小的蘆笛，你帶著它翻山越嶺，奏出永新的旋律。

我的小巧的心，在你不朽的撫摸下，歡樂無比，產生不可言喻的詞句。

你不盡的饋贈，只注入我小小的手中。多少年過去了，我的手還在接受你慷慨的贈與。

純潔

我生命的生命，我要永遠保持純潔，因為我知道你鮮活的撫摸，留在我的身上。

我要驅除我思想中的一切虛偽，因為我知道你就是真理，你在我心中燃起理智之火。

我要驅走我心中的一切醜惡，讓愛之花常開不敗，因為我知道，我內心深處的聖殿裏有你的一席之地。

我要努力在行動上體現你，因為是你的神威給了我行動的力量。

放鬆片刻

請容我坐在你的身旁，放鬆片刻。我手頭的工作，過一會兒再去完成。

你不在我跟前，我的心不得安寧，工作成了永無止境的苦役。

今天，盛夏來到我的窗前，輕噓低語；花樹的宮廷裏，蜂群正盡情歡唱。

是時候了，和你面對面坐下，在這靜寂無邊的閒暇裏唱出生命的讚歌。

花

請摘下這朵小花，帶走吧，不要遲疑！我怕它會凋謝，會跌落塵埃。

它也許配不上你的花環，但請採摘它，以採摘的痛楚來給它榮耀。我怕在我發覺之前時光已逝，錯過了供奉的時間。

請用這花來禮拜，請在時間還來得及的時候採摘它吧，儘管它顏色不深，香氣很淡。

真實

我的歌曲卸掉了她的妝飾。她不再有衣飾的驕矜。妝飾阻礙我們的結合，它們橫亙在你我之間，它們的叮噹聲會淹沒你的細語。

在你的注視下，我的詩人的虛榮心慚愧地消亡。呵，詩神，我已經拜倒在你腳下。僅讓我的生命簡樸正直，如一枝供你吹奏的蘆笛。

華美的裝束

那穿著王子衣袍，戴著鑽石項鏈的小孩，他失去了一切遊戲的快樂，他的服飾總牽絆他的腳步。

他遠離世界，甚至不敢挪動，因為怕弄破或汙損他的衣飾。

母親，你華美的裝束，將人和塵俗健康的土壤隔絕，剝奪了人進入日常生活的盛大集會的權利，這毫無裨益。

愚蠢

噢，傻瓜，你竟試圖把自己扛在肩上！噢，乞丐，你竟來到自家門口行乞！

把你的重擔交付給那些能承擔一切的人，不要後悔而回首。

你欲望的氣息，會立刻把它接觸到的燈火撲滅。它是不聖潔的——不要從它不潔的手中收受禮物。只接受神聖的愛賜予的禮物吧！

有一個地方

這是你的腳凳，你在最貧窮最低賤最無家可歸的人群中歇足。

當我向你鞠躬時，我的敬禮達不到你歇足的深處，那最貧窮最低賤最無家可歸的人群中。

你穿著破舊的衣服，在最貧窮最低賤最無家可歸的人群中行走，驕傲永遠無法靠近這個地方。

你與那些最沒有朋友，最貧窮最低賤最無家可歸的人為伴，我的心卻永遠找不到通往那個地方的路徑。

拋棄

扔掉禮讚和念珠吧！在門窗緊閉、昏暗荒僻的殿堂一隅，你在向誰禮拜？你睜眼看看，上帝不在你的面前！

他在耕耘貧瘠土地的農夫那裏，在敲石的築路工人那裏。他和他們同在太陽下、陰雨裏，而他的衣衫落滿了塵土。脫下你的衣裝，甚至像他一樣下地！

超脫嗎？從哪裡找到超脫呢？我們的主，躬親示範，主動創造，怡然自得。他永遠和我們在一起。

放棄你的冥想，拋開你的花香吧！即使你的衣服破損了又有何妨？去迎接他，和他並肩勞作，一同流汗。

倦旅的家

我旅行的時間很長，旅行的路程也很遠。
天剛破曉，我就驅車前行，穿越廣漠的世界，在許多星球上留下足跡。

離你最近的地方，路途最遠。最簡單的曲調，需要最複雜的練習。

旅人叩過每個陌生人的門，才找到自己的家。人只有在外面四處漂泊，才能到達內心最深的殿堂。

我遙望四處，然後閉上眼睛說：“原來你在這裏！”

“啊，在哪兒呢？”這疑問和呼喚化為萬千淚流，和著你肯定的回答——“在這裏！”——湮沒了世界。

未唱的歌

我想唱的歌，直到今天還未唱出。

我每天總在調撥樂器的絲弦。

時機還未來臨，歌詞也不曾填妥，只有希冀的痛楚存於心間。花兒還未綻放，只有風唏噓而過。

我未曾見過他的臉，也沒聽過他的聲音。我只聽過他經過我房前時輕柔的腳步聲。

我用一整天的時間在地板上為他鋪設座位，但油燈還未點燃，我還不能請他進來。

我生活在和他相會的希望中，但這相會的日子還未到來。

強硬的仁慈

我欲望頗多，哭聲淒慘，但你總是用嚴詞來拒絕拯救我，這強硬的慈悲已徹底融入我的生命。

日復一日，你使我更值得接受你主動賜予的樸素而偉大的禮物——這天空，這光明，這軀體、生命及心靈——拯救我於欲望之淵。

有時我懶散閒蕩，有時又因頓悟而匆忙探尋目標，可你卻狠心地躲藏起來。

日復一日，你不斷地拒絕我，使我更值得被你完全接納，超脫我於變幻不定的欲望之海。

為你歌唱

我在這兒為你歌唱。在你的大廳中，我坐在屋角。

在你的世界裏，我無所事事。我無用的生命只能漫無目的地歌唱。

當默禱的鐘聲在午夜幽暗的教堂裏響起，主啊，命令我站到你面前來歌唱吧！

清晨，當金琴調好，請賜我榮耀，命令我來到你的面前。

請束

我接到了這盛世慶典的請束，我的生命因此受到了祝福。我的眼睛看見了，我的耳朵也聽到了。

在這場宴會中，我的任務是奏樂，並且我竭盡全力。

現在，我問，我進去瞻仰你的容顏，並獻上我默默問候的時刻最終來臨了嗎？

為愛等待

我在等待，等待著，最終把自己交到愛的手裏。這便是我姍姍來遲的緣故，也是我負疚的緣由。

他們帶來清規戒律，緊緊地把我束縛。但是我總在逃避，因為我在等待，等待著最終把自己交到愛的手裏。

人們指責我，說我漫不經心；當然，他們的指責不無道理。

市集已散，繁忙的工作也已結束。叫我不應的人憤憤地回去了。我在等待，等待著最終把自己交到愛的手裏。

雨天

雲霾堆積，黑暗漸深。啊，我的愛，你為什麼讓我獨自守候在門外？

在正午工作繁忙的時候，我和大夥在一起，但在這孤寂幽暗的日子裏，我只企盼著你。

若是你不露面，若你完全把我撇開，我真不知將如何度過這漫長的雨天。

凝望著天邊的陰霾，我的心在彷徨，與這不安的風一同哀號。

你 的 聲 音

如果你默不作聲，我就隱忍著，以你的沈默填充我的心。我會紋絲不動，靜靜地等待，如同群星守護的黑夜，忍耐地低首。

黎明必將到來，黑夜終將消逝，你的聲音一定會劃破長空，如金色的溪流般傾瀉而下。

你的話語，將從我的每個鳥巢中放飛歌聲。你那悅耳的音律，將在我的叢林中綻放花朵。

蓮 花

蓮花開放那天，唉，我的思緒飄零，卻不知緣由。我空著花籃，冷落了花兒。

憂傷不時襲上心頭，我從夢中驚起，察覺到南風中有股甜美的奇香。

那淡淡的甜潤，令我渴望得心痛。在我看來，這彷彿是夏日渴望的氣息，在尋求圓滿。

我那時不知它離我如此之近，而且屬於我。這絕妙的甜美，已開放在我自己心靈的深處。

船

我必須駛出我的船。無聊的日子都消磨在岸邊了——唉，我呀！

繁花過後，春天就告辭了。到如今，落紅遍地，我卻躑躅不前。
潮聲已喧，岸邊的林蔭道上黃葉飄零。

你在注視怎樣的空虛呀！你沒覺出空氣中有種悸動，正和著對岸飄來的遙遠歌聲一同流蕩嗎？

孤獨的旅人

在七月淫雨的陰鬱中，你邁著神秘的腳步，如夜一般靜謐，躲過了一切守望者。
現在，黎明已經合眼，不理狂嘯東風的不懈呼喊，一張厚重的紗幕遮住了永遠清醒的碧空。
林地裏，歌聲歸於沉寂，家家戶戶都關門了。你是這淒清的大街上孤獨的旅人。噢，我惟一的朋友，我的最愛，我的家門敞開著——不要夢幻般走過。

朋友

我的朋友，在這暴風雨的夜晚，你還在外面進行愛的旅行嗎？夜空像絕望者在呻吟。

今夜無眠。我的朋友，我不時地開門，向夜空中張望！

我看不見眼前的一切。我不知道你將從何而來！

你是從墨黑的河岸上，從遠處愁楚的樹林邊，穿過昏暗迂迴的曲徑，踉踉蹡蹡來到我身邊的嗎，我的朋友？

當時光已逝

假如時光已逝，鳥兒不再歌唱，風兒也吹倦了，那就用黑暗的厚幕把我蓋上，如同黃昏時節你用睡眠的衾被裹住大地，又輕輕合上睡蓮的花瓣。

路途未完，行囊已空，衣裳破裂汙損，人已精疲力竭。你驅散了旅客的羞愧和困窘，使他在你仁慈的夜幕下，如花朵般煥發生機。

夜

在這困頓的夜裏，讓我屈服於睡眠，把信賴交付於你。
別讓我強迫自己，以委靡的精神，來準備一個對你不夠虔誠的禮拜。

是你拉上夜幕，合上白日的倦眼，使這眼神在甦醒後的清新喜悅中，更加神采奕奕。

睡眠

他走來，坐在我的身邊，而我卻在酣睡。多麼可恨的睡眠，唉，悲慘的我啊！

他在靜夜中到來，手裏拿著豎琴。夢裏，我和他共奏諧音。

唉，為什麼每晚都這樣逝去了呢？噢，他的氣息觸動著我的睡眠，我卻為何總見不到他的面？

愛之燈

燈火，燈火在哪兒？用熊熊燃燒的欲望之火點燃它吧！
這兒有燈，但沒有一絲火焰——這就是你的命運，我的心啊！你還不如死了的好！

悲痛在叩你的門，她帶來口信，說你的主醒著呢，他召喚你穿越漫漫黑夜，奔赴愛的約會。

烏雲漫天，雨下不停。我不知道心裏激蕩著什麼——我不懂它意味著什麼。

電光一閃，我進入黑暗的深淵。我的心摸索前行，前往那夜之音召喚我的地方。

燈火，燈火在哪裡呢？用熊熊的欲望之火點燃它吧！雷聲在響，狂風在嘯。

夜像黑岩一般黑。不要讓時光在黑暗中逝去。用你的生命點燃愛之燈。

羅網

羅網是堅韌的，若要撕裂它們，我又會心痛。

我只想要自由，卻又為這熱望感到羞愧。

我確信那無價之寶在你手中，而你是我最好的朋友，但我卻捨不得清除我滿屋的俗物。

我披著塵土和死亡之衣。我恨它，卻又用愛去擁抱它。

我債臺高築，屢屢失敗，我的恥辱秘密而又深重。但當我向你祈福時，我又惶恐不安，怕我的祈求得到允諾。

地牢

那個被我的名字囚禁起來的人，在地牢中啜泣。我總是忙著四處築牆。牆垣一天天聳入雲霄，在那高牆的黑影裏，我的真我也消失了。

我為這牆而自豪，我給它塗上灰泥，惟恐這名字上還留有一絲罅隙，我煞費苦心，可還是丟失了真我。

這是誰？

我獨自赴約，沉寂的暗夜裏，誰在跟著我呢？
我走開躲避他，卻甩不掉他。

他昂首闊步，揚起一地風塵。我發出的每一聲裏，都摻雜著他的叫喊。

他就是我的小我，我的主啊，他恬不知恥。他陪我來到你門前，我卻感到羞恥。

囚徒

"囚徒，告訴我，是誰鎖住了你？"
"是我的主人，"囚徒答道，"我以為，在財富和權力方面，我可以勝過世界上的任何人，我把國王的錢財聚斂在自己的寶庫裏。睡意襲來，我躺在了我主的床上。一覺醒來，我發現我成了自己寶庫的囚徒。"
"囚徒，告訴我，是誰鑄造了這堅不可摧的鐵鏈？"

"是我，"囚徒說，"是我自己精心打造的。我以為，我無敵的權力能俘虜世界，賦予自己無限的自由。我夜以繼日地工作，用烈火重錘打造了這條鎖鏈。等到工作完成，鐵鏈牢不可破，我發現自己已被捆住。"

自由的愛

塵世中，那些愛我的人，千方百計地想抓牢我。可你的愛全然不同，你的愛比他們的偉大得多，而且你給我自由。

他們從不敢放我離開，惟恐我會忘掉他們。但是，日子一天天地過去，你卻仍未露面。

如果我在祈禱時沒有呼喊你，如果我心裏沒有你，你對我的愛，卻仍等待著我的回應。

謊言

白日裏，他們走進我的房子，說：“我們只想佔用這兒最小的空間。”

還說：“我們會幫你膜拜上帝，而且只謙恭地領受我們應得的一份。”隨後就在屋角安靜而溫順地坐下。

但是夜裏，我發現他們強硬而粗暴地衝進我的聖堂，貪婪而無禮地掠奪了神壇上的祭品。

愛的腳鐐

只要我一息尚存，我就稱你為我的一切。

只要我希望不滅，我就能感覺到你在我周圍，我會向你請教所有事情，我會在任何時候獻上我的愛。

只要我一息尚存，我就永不把你藏匿。

只要我們一息相連，我將以我的生命執行你的旨意——這是你愛的腳鐐。

自由的天國

在哪裡，心無畏懼，頭顱高昂；

在哪裡，知識是自由的；

在哪裡，世界還沒被狹隘的國家之牆分割得支離破碎；

在哪裡，真理是言論的依據；

在哪裡，不懈的努力漸臻完美；

在哪裡，理智的清泉還沒有被積習的荒漠所吞沒；

在哪裡，心靈受你引領，思想與行為不斷放寬——步入那自由的天國，我的天父啊，讓我的國家覺醒吧！

賜予我力量

這是我對你的祈求，我的主——請你根除，根除我心裏貧窮的根基。

請賜我力量，使我能輕易地承受歡喜哀愁。

請賜我力量，使我的愛在服侍中碩果累累。

請賜我力量，使我永不鄙夷窮人，也不會對權貴卑躬屈膝。

請賜我力量，使我的心不被日常瑣事羈絆。

再賜我力量，使我滿懷愛意地臣服於你。

山窮水盡

我以為我已精疲力竭，旅程已終——前路已絕，儲糧已盡，幽暗處隱沒的時間來臨。

但是，我發現在我身上，你的意志沒有終點。陳言舊語剛消失在舌尖，新的樂章又奏響於心田。舊轍剛剛消失，又有新天地奇跡般地展開來。

只有你

我需要你，只需要你——讓我的心不停地念叨這句話。日夜誘惑我的種種欲念，都虛偽空洞到極致。

就像黑夜的朦朧中隱藏著對光明的祈求，我潛意識深處也響著呼聲——我需要你，只需要你。

正如風暴用盡全力與和平抗衡，卻尋求終止於和平。我的反抗衝擊著你的愛，而它的呼聲也還是——我需要你，只需要你。

赤貧之心

當我心堅硬焦躁，請施我以仁慈的雨露。

當生命失去恩寵，請賜我以歡樂的歌兒。

當喧囂四起，繁雜的工作讓我與世隔絕，我寧靜的主啊，請帶著你的和平與安寧降臨。

當我赤貧的心畏縮於牆腳，我的國王，請帶著你王者的威儀破門而來。

當欲念以誘惑與塵埃蒙住了我的心，呵，聖者，你是清醒的，請帶著你的雷電降臨。

乾渴的心

我的上帝啊，我乾渴的心，一天一天總無雨水澆灌。天邊完全赤裸——沒有一片最薄的柔雲，沒有一絲遙遠而清涼的雨意。

請降下你盛怒的暴風雨，帶著死神的黑暗，如果你願意，你可以用閃電震懾諸天。

但是，我的主啊，請你收回，收回這彌漫靜寂的高溫，它沉寂、尖銳而又殘忍，且用可怕的絕望灼燒人心。

請讓仁慈之雲低垂，就像父親憤怒之時，母親的淚眼汪汪。

我的情人

我的情人，你站在大家身後，藏身於何處的陰影裏呢？在塵土飛揚的大路上，他們推你擠你，無視你的存在。疲憊的時候，我獻上禮品等候你，路人過來拿走了我的花，一朵又一朵，我的花籃幾乎空了。

清晨已過，正午亦逝。暮色中，我昏昏欲睡。回家的人們望著我發笑，令我滿心羞慚。我像女乞丐般坐著，拉起裙子遮住我的臉。當他們問我想要什麼時，我垂下眼簾，閉口不答。

啊，真的，我怎能告訴他們我在等你，而且你已答應了會來。我又怎能羞澀地說貧窮是我的嫁妝。啊，我內心隱秘處抱有這種自豪感。

我坐在草地上，凝望天空，幻想你突然而至的光彩壯麗——萬彩輝映，車輦上金旗飄揚，他們在路邊站立著，目瞪口呆。眾目睽睽之下，你下了車，把我從塵埃中扶起，安置在你身邊。我這衣衫襤褸的女乞丐，因羞愧與自豪而顫抖不已，如同蔓藤在夏日的微風中飄搖。

然而，歲月流逝，卻仍未聽見你車輦的輪聲。多少儀仗隊伍吵嚷著顯赫地走過了，而你，只想這樣靜靜地藏在他們背後的陰影裏嗎？難道我只有在哭泣中等待，並在徒勞的守望中心衰力竭嗎？

出航

清晨，有人低語我們將划船出海。除了你和我，世界上永遠沒有一個人會知道我們這無目的又無終止的朝拜。

在無邊的海洋上，你在微笑著靜默地聆聽，我的歌聲抑揚成調，如波浪般自由，不受任何字句的束縛。

時間還未到嗎？仍有工作要做嗎？瞧，夜色已經降臨海岸，海鳥們在這褪色的光輝中飛歸巢穴。

誰知道什麼時候鎖鏈能開，這船難道也會如同落日的最後一道餘光，在黑夜中隱逝？

永恆的印跡

那天，我還沒有為你準備好，我的國王，你就像一個素不相識的凡人，不請自到，進入我心房，在我生命中已逝的諸多時光裏，留下了不朽的烙印。

今天，我偶然看到了你的印跡，我發現它們散落在塵埃中，混雜著那些已被我遺忘的日常悲喜的回憶。

你不曾鄙夷我孩提時在塵土中玩耍。我在遊戲室裏所聽見的足音，與那在群星中迴響的相同。

影追逐光的地方

在影追逐光的地方，在夏雨來臨的時節，站於路旁等待觀望的，是我

206

的快樂。

使者們從不可知的天空帶來消息，向我致意後又繼續趕路。我滿心歡愉，輕風帶來陣陣清香。

我坐在門前，從清晨到夜晚，我知道我一看見你，那快樂的時光便突然而至。

那時，我會自歌自笑。那時，空氣裏也會充滿承諾的芬芳。

輕柔的腳步

你沒聽見他輕柔的腳步嗎？他來了，來了，終於來了。

每時每刻，每日每夜，他總在走來，走來，不停地走來。

在不同的心情下，我唱過不少的歌，在這些音符裏，我總在宣告："他走來了，走來了，終於走來了。"

四月芬芳的晴日裏，他穿過林間小路而來，來了，終於來了。

七月陰暗的雨夜中，他乘著隆隆的雲車，前來，前來，不停地前來。

持續不斷的愁悶中，是他的腳步踏在我的心上，是他雙腳黃金般的接觸，使我的快樂生輝。

久遠的日子

我不知道從多久以前，你總是走來迎接我。你的太陽和星辰無法藏起你，讓我看不到你。

多少清晨和傍晚，我都聽見你的足音，你的使者曾走進我的心房，秘密地召喚我。

我不知道為什麼，今天的我躁動不安，一陣狂喜掠過心頭。

這就像結束工作的時間已到，我感覺到空氣中有你降臨時帶來的淡淡馨香。

他 的 出 現

整晚等他不見，又怕清晨他忽然來到我門前，而我卻沉沉睡去。呵，朋友們，給他留個門兒——不要攔阻他。

若是他的腳步聲沒有驚動我，請不要喚醒我。我不願意小鳥嘈雜的合唱和慶祝晨光的狂風，攪擾了我的睡夢。即使我的主突然出現在我門前，也讓我無擾地睡眠。

呵，我的睡眠，寶貴的睡眠，只等著他的觸摸來驅散。呵，我緊閉的雙眼，只在他微笑時睜開，當他站在我面前，如同酣眠中浮現的夢。

讓他作為最初的光明和形象，呈現在我的眼前。讓他的目光成為我覺醒的靈魂中最初的歡悅。讓我自我的回歸成為對他直接的皈依。

旅 途

清晨的靜海，漾起鳥語的微波。路旁的繁花，競相綻放。我們匆忙趕路，心無旁騖，雲縫中透出霞光萬丈。

我們不唱歡歌，不玩耍，也不去市集交易；我們一語不發，也不微笑；我們不流連於沿途風光。光陰荏苒，我們也在不斷地加快步伐。

太陽掛在頭頂，鴿子在陰涼處咕咕地叫。枯葉在正午的熱氣裏翻飛。牧童在菩提樹下打盹。我仰臥水邊，在草地上伸展我困乏的四肢。

我的同伴們嘲笑我；他們抬頭疾走；他們不回頭也不休息，消失在遠遠的碧靄之中。他們穿過山河林地，經過遙遠而奇妙的國度。長征的英雄隊伍啊，光榮屬於你們！譏笑和責備本該促我起立，但我卻無動於衷。我甘心淪落在快樂的恥辱深處——模糊的快樂陰影之中。

陽光織成的幽靜綠蔭，慢慢籠罩了我的心。我忘記了旅行的目的，我毫無反抗地把心埋葬於陰影與歌曲的迷宮。

最後，我從沉睡中睜開眼，我看見你站在我身旁，我的睡眠沐浴在你的微笑中。我從前是如何地懼怕，怕這遙遠艱險的道路，要到達你面前該是多麼艱辛啊！

簡單的頌歌

你走下寶座，站在我小屋的門口。

我正在屋角獨唱，歌聲被你聽到了。你下來站在我門前。

在你那兒，大師們會聚一堂，歌曲從早唱到晚。但我這初學的簡單的頌歌，卻得到了你的賞識。一支憂鬱的小調，和世界上偉大的音樂融合了。你還帶了花朵作為獎賞，下了寶座駐足在我的小屋前。

乞討

我在鄉間小路上，挨家挨戶地乞討。你的金輦如一枕美夢出現在遠方，我在猜想這位王者之王是誰！

我的希望倍增，我覺得我的厄運就要到頭了，我站著等候你主動的施與，等待財寶從四面八方散落。

車輦在我站立的地方停住了。你看到我，微笑著下車。我覺得我的運氣終於來了。忽然你伸出右手來說：「你有什麼給我呢？」

呵，向一個乞丐伸手乞討，這開的是什麼帝王的玩笑！我很困惑，疑惑地站著，然後從口袋裏緩緩掏出一粒最小的玉米獻給你。

晚上，我把口袋倒在地上，在我乞討來的粗劣東西裏，我發現了一粒金子，我大驚失色。我痛哭了，恨我沒有慷慨地將我的所有都獻給你。

措手不及

夜色已深，我們一天的工作結束了。我們以為投宿的客人都已到來，村裏家家戶戶都關門了。只有幾個人說，國王要來。我們笑著說：「不會的，這不可能！」

好像有敲門聲，我們說那不過是風。我們熄燈就寢。只有幾個人說：

"這是使者！"我們笑著說："不，這一定是風！"

死寂的夜裏傳來一個聲音，恍惚中，我們以為是遠處的雷聲。山搖地動，驚擾了我們的睡眠。只有幾個人說："這是車輪的聲音。"我們昏沉地嘟噥著說："不，這一定是雷鳴！"

天還沒亮就響起了鼓聲。有聲音喊道："醒來吧！別磨蹭了！"我們把手按在心口，嚇得發抖。只有幾個人說："看哪，這是國王的旗子！"我們爬起來，站著叫："沒有時間再耽誤了！"

國王已經來了——但是哪裡有燈火，哪裡有花環呢？給他預備的寶座在哪裡呢？啊，丟臉；太丟臉了！客廳在哪裡，傢俱又在哪裡呢？有幾個人說了："叫也已無用了！用空手來迎接他吧，帶他到你的空房裏去？"

打開門，吹起鎖？！在深夜中，國王光臨我黑夜淒涼的房舍。空中雷聲怒吼，黑暗和閃電一同顫抖。拿出你的破席，鋪在院子裏吧！我們的國王在恐怖之夜突然與暴風雨一同降臨。

威嚴的劍

我想，我應當向你請求索要——可是我又不敢——你那掛在頸上的玫瑰花環。這樣，我等到早上，想在你離開的時候，從你床上找到些碎片。

我像乞丐一樣破曉就來尋找，只為了一兩片散落的花瓣。

我啊，我找到了什麼呢？你留下了什麼愛的標記呢？那不是花朵，不是香料，也不是一瓶香水。那是你威嚴的劍，火焰般放光，雷霆般沉重。

清晨的微光透過窗戶，灑在你床上。晨鳥唧唧喳喳著問："女人，你得到了什麼呢？"不，不是花朵，不是香料，也不是一瓶香水——是你可怕的寶劍。

我坐著冥想，這是你的什麼禮物呢。我沒有地方藏放它。我不好意思佩帶它。我是這樣的柔弱，當我抱它在懷裏時，它就把我壓痛了。但我仍要把這份恩寵銘記在心，你的禮物，這沉重的負累。

從今以後，我將毫不畏懼，在我的一切奮鬥中你將得到勝利。你讓死神與我做伴，我將以我的生命給他加冕。你的劍會助我劈開我的羈絆，在這世界上我將毫不畏懼。

從今以後，我要拋棄一切瑣碎的裝飾。我心靈的主，我不會再向隅而泣，也不再畏怯嬌羞。你已把你的寶劍給我佩帶。我不會再要玩偶的裝飾品了！

劍

你的手鐲真是美麗，鑲著星辰，精巧地嵌著五光十色的珠寶。但我覺得你的寶劍才是最美的，那彎曲的光芒像毗濕奴的神鳥展開的雙翼，完美地平懸在落日怒發的紅光裏。

它顫抖著像人之將死時的最後一擊，痛苦昏迷中的最後反應。它閃耀著像將爐的世情之純焰，最後猛烈地一閃。

你的手鐲真是美麗，星星點點嵌滿寶石。但是你的寶劍，呵，雷霆的主，鑄得美麗非凡，看到想到的都是可畏。

一無所求

我對你一無所求。我不告訴你我的名字。你離開的時候我靜靜地站著。我獨立在樹影橫斜的井旁，女人們已頂著褐色的瓦罐，汲滿水回家了。

她們對我喊道：“和我們一塊走吧，都快到正午了。”但我仍繾綣流連，沉浸在恍惚的冥想中。

我沒有聽見你走來的腳步聲。你幽怨地望著我，疲憊地低語道——

"哦，我是一個饑渴的旅客。"我從夢中驚起，把我罐裏的水倒在你捧著的手掌裏。樹葉在頭頂沙沙作響。布穀鳥在幽暗處歌唱，而曲徑飄來了膠樹的花香。

你問起我的名字，我羞得悄立無語。真的，我為你做了什麼，值得你如此記掛？但是我有幸能給你水解渴，這段溫馨的回憶將存留心頭。天色已晚，鳥兒唱著倦歌，棟樹葉子在頭上沙沙作響，我坐著反覆地想了又想。

醒醒

倦意壓在你心頭，睡意尚存你眼中。

你沒聽說荊棘叢中花朵正在盛開嗎？醒醒，嗨，快醒來吧！不要虛度光陰！

在石徑的盡頭，荒無人煙的處女地裏，獨坐著我的朋友。不要欺騙他。

醒醒，噢，醒來吧！

即使天空在正午的烈日下喘息震顫——即使滾燙的沙粒鋪開它乾渴的外衣——你內心深處難道就沒有快樂嗎？路邊的琴弦難道不會在你的腳步聲中，發出痛苦的柔音嗎？

合二為一

只因你的快樂充滿了我的心。只因你曾這樣地屈尊於我。呵，你這諸天之王，假如沒有我，你還會愛誰？

你讓我共用你的一切財富。在我心裏，你的歡樂不斷地遨遊。在我生命中，你的意志將永遠得以實現。

因此，你這萬王之王曾偽裝自己來引誘我。因此，你的愛也湮沒在你情人的愛裏，在那裏，我們合二為一。

光明

光明，我的光明，普照大地的光明，吻著眼睛的光明，甜沁心腑的光明！

噢，親愛的，光明在我生命的中心跳舞。親愛的，光明在撥弄我愛的心弦。

天開了，風兒狂奔，笑聲響徹大地。

蝴蝶在光明的海上展開帆翅。百合與茉莉在光波的浪尖上翻湧。

親愛的，霞光四射，光明散映成金，它灑下大量的珠寶。

親愛的，快樂在樹葉間彌漫，歡喜無邊。天河絕堤了，欣喜的洪流奔湧而出。

歡樂

讓我最後的歌聲融合一切歡快的樂曲——那歡樂，使大地草海歡呼雷動；那歡樂，使生和死這對孿生兄弟，在廣漠的大地上跳舞；那歡樂，和暴風雨一同捲來，用笑聲驚醒一切生命；那歡樂，含淚默坐在盛開的痛苦的紅蓮上；那歡樂，不知所謂，把一切所有拋擲於塵埃之中。

微風拂過

是的，我知道，這是你的愛，捨此無它。噢，我心愛的人——這曼舞於樹葉之上的金光，這些掠過天空的閒雲，這在我額頭留下涼意的微風。

晨光湧入我的眼睛——這是你傳給我的消息。你俯下臉，在九天之上凝視我的雙眼，我的心愛撫著你的雙足。

海濱

遼闊的穹隆在頭上靜止，不息的海水在腳下洶湧澎湃。

孩子們相聚在無垠世界的海邊，歡叫著手舞足蹈。
他們用沙來築屋，
玩弄著空空的貝殼。
他們用落葉編成船，
笑著讓它們漂浮在深海裏。
孩子們在世界的海邊自娛自樂。

他們不懂得怎麼游泳，
他們不曉得怎樣撒網。
採珠的人潛水尋找寶珠，
商人在船上航行，
孩子們卻把鵝卵石拾起又扔掉。他們不尋找寶藏，他們也不知怎樣撒網。
大海歡笑著翻騰浪花，而海灘的微笑泛著黯淡的光。
兇險的驚濤駭浪，對孩子們唱著沒有意義的曲子，彷彿母親在晃著搖籃哄嬰兒入睡時的哼唱。大海和孩子們一同玩耍，而海灘的微笑泛著黯淡的光。

孩子們相聚在無垠世界的海邊。暴風驟雨在無路的天空中遊蕩，航船在無軌的大海裏沉毀。
死亡臨近，孩子們卻在玩耍。在無垠世界的海邊，有著孩子們盛大的聚會。

嬰兒誕生何處

掠過嬰兒雙目的睡眠，有誰知道它來自何方？是的，傳說它來自森林的陰影中，螢火蟲的迷離之光照耀著的夢幻村落，在那兒懸掛著兩個靦腆而迷人的蓓蕾。它從那兒飛來，輕吻著嬰兒的雙眸。

嬰兒沉睡時唇邊閃現的微笑，有誰知道它來自何方？是的，傳說是新月那一絲青春的柔光，碰觸到將逝的秋雲邊緣，於是微笑便乍現在沐浴著露珠的清晨的夢中——當嬰兒沉睡時，微笑便在他唇邊閃現。

甜美柔嫩的新鮮氣息，如花朵般綻放在嬰兒的四肢上——有誰知道它久久地藏匿在何方？是的，當媽媽還是少女時，它已在她心田，在愛的溫柔和靜謐的神秘中潛伏——甜美柔嫩的新鮮氣息，如花朵般綻放在嬰兒的四肢上。

彩色玩具

當我給你彩色玩具時，我的孩子，我明白了為什麼在雲端、在水中會如此色彩斑斕，明白了為什麼花兒會被上色——當我給你彩色玩具時，我的孩子。

當我的歌唱令你翩翩起舞時，我確實明白了為什麼樹葉會哼著樂曲，為什麼海浪將其和諧之音傳到聆聽著的大地心中——當我的歌唱令你翩翩起舞時。

當我把糖果放到你貪婪的手中時，我明白了為什麼花杯中會有蜜汁，為什麼水果裏會神秘地蘊涵著甜美的果汁——當我把糖果放到你貪婪的手中時。

當我輕吻著你的小臉使你微笑時，我的寶貝，我確實明白了晨光中天空流淌的是怎樣的歡欣，夏日微風吹拂在我身上是怎樣的愉悅——當我輕吻著你的小臉使你微笑時。

舊與新

你讓不相識的朋友認識了我。你在別人家裏給我準備了座位。你使距離縮短，使陌生人成了兄弟。
當我必須離開故居的時候，我心神不寧。我忘了是舊人遷入新居，而且你也住在那裏。

通過生和死，今生和來世，無論你把我帶到哪裡，總是你，還是你，我漫長的一生中惟一的伴侶，一直用歡樂的絲帶把我的心和陌生人緊密聯繫。

　　一旦認識你，世上就沒有了陌生人，也沒有了緊閉的門戶。噢，請答應我的祈求，使我在與眾生的遊戲中，永不失去和你單獨接觸的狂喜。

姑娘的燈

　　在荒涼的河岸上，深草叢中，我問她："姑娘，你用披紗遮著燈，要到哪裡去呢？我的屋裏又冷又黑——把你的燈借給我吧！"薄暮裏，她抬起烏黑的雙眸看了我一會兒。"我到河邊來，"她說，"要在太陽西下的時候，讓我的燈漂浮到水上去。"我獨立在深草叢中，望著那幽幽燈火，無用地漂流在水波上。

　　在薄暮的寂靜中，我問她："姑娘，你的燈都點上了——你拿著這燈到哪裡去呢？我的屋裏又冷又黑——把你的燈借給我吧！"她抬起烏黑的雙眸，望著我的臉沉吟了一會兒。最後她說："我是來把我的燈獻給上天的。"我站在那兒看著她的燈無用地靜燃在空氣裏。

　　在無月的深夜陰晦中，我問她："姑娘，你為什麼把燈抱在胸前？我的房子又冷又黑——把你的燈借給我吧！"她站住沉思了一會兒，並在黑暗中凝望著我的臉。她說："我帶著我的燈，是來參加燈節的。"我站在那兒看著她的燈無用地消失在眾光之中。

我的上帝

　　我的上帝，從我滿溢的生命之杯中，你要飲什麼樣的聖酒呢？

　　我的詩人，通過我的眼睛，來觀看你自己的創造物，站在我的耳朵上，來靜聽你自己永恆的諧音，這讓你快樂嗎？

　　你的世界在我心裏編織成句，你的快樂又為它們譜上了樂章。你滿懷愛意地把自己交給了我，又通過我感覺你自己完滿的甜美。

她

那在神光離合之際，潛藏在我生命深處的她，那在晨光中永不揭開面紗的她；我的上帝，我要把她包裹在最後的一首歌裏，作為最後的禮物獻給你。

說過了無數求愛的話，但還是沒有贏得她的心。勸誘只是徒勞地向她伸出熱切的臂膀。

我把她深藏在心裏，到處遨遊，我生命的榮枯圍繞著她起落。

她統治著我的思想、行動和睡夢，而自己卻離群索居。

許多人敲開我的門來拜訪她，但都絕望地回去了。

在這世界上，從沒有人和她面對面過，她在孤獨地等待著你的賞識。

你

你是天空，也是巢穴。

啊，美麗的你，你的愛就在窩裏，用顏色、聲音和香氣環繞著靈魂。

在那兒，清晨來了，右手拎著金籃，戴著美麗的花環，默默地為大地加冕。

在那兒，黃昏來了，越過無人畜牧的草地，穿過車馬絕跡的小徑，在她的金瓶裏盛著西方平靖的淨水。

但是，在那裏，純白的光輝，統治著為靈魂遨遊的廣袤的天空。那裏無晝無夜，無形無色，而且永遠，永遠沒有言語。

雲

你的光柱射到我的地上，我伸出胳膊整天站在門前，把我的眼淚、歎息和歌聲變成的雲彩，重播在你的腳下。

你歡喜地把這雲帶纏繞在星胸之上，幻化出無數的形式和皺襞，還染上了變幻無窮的色彩。

它是那樣地輕柔，那樣地飄揚、溫軟、含淚而黯淡，因此，你愛護它，呵，你這莊嚴無瑕者。這就是為什麼它能夠以憐憫的影子遮住你可怖的白光。

生命的溪流

就是這股生命的溪流，日夜淌過我的血管，穿過世界，和著節拍跳舞。

就是這同一生命，從大地的塵土裏，快樂地迸發出無數芳草，蕩漾出繁花密葉的波紋。

就是這同一生命，潮漲潮落，晃動生死之海的搖籃。

我覺得我的四肢因受到生命世界的愛撫而生輝。我的驕傲，是因為時代的脈搏此刻在我的血液中跳動。

音樂

這愉悅的旋律不能令你欣欣然嗎？不能令你迴旋激蕩，消失破裂在這可怕的快樂的旋渦之中嗎？

萬物急劇奔騰，它們永無休止，永不回首，任何力量都阻擋不了它們，它們急劇地奔湧著。

季節伴著這快速悸動的音樂，舞動著，來來去去——顏色、音律和香味在這滿溢的歡樂中，匯聚成奔騰不息的河川，每時每刻都在噴濺、退落，繼而消逝。

幻境

我應當充分利用自己，並向四周發散，將彩色的影像投射於你的光芒之中——這便是你的幻境。

你將自己置於壁壘之中，用萬千音符召喚你的分身。你的分身已在我體內成形。

嘹亮的歌聲響徹天宇，在繽紛的眼淚與微笑、恐懼與希望中迴盪。潮起潮落，夢缺夢圓，你的分身在我體內凋零。

你撩起那厚重的帷幕，用晝夜的畫筆，繪成無數圖樣。幕後你的座位，是捨棄了一切單調貧乏的直線，而用奇特且神秘的曲線編織而成的。

你我組成的偉大慶典，遍佈天空。你我的歌聲令天宇震顫，一切時代都在你我的嬉戲中消逝了。

那最為深奧的

正是他，最為深奧的他，用那深藏的絕技把我喚醒。

正是他，施魔法於我眼上，又快樂地在我的心弦上奏出各種歡樂與悲傷的樂章。

正是他，用金、銀、青、綠各種靈幻的色調，編織起幻境的紗網，透過他併攏的雙足向外窺視，他的輕觸讓我忘卻了自己。

歲月如梭，正是他，一直以種種名義，種種姿態和種種悲喜，來感化我的心靈。

感覺

我不需要用脫離關係來釋放自己。在萬千快樂的枷鎖中，我感受到了自由的擁抱。

你以色彩各異、芬芳撲鼻的新酒，不斷地斟滿我的陶罐。

我的世界，將用你的火焰點亮那無數明燈，並安放在你廟宇的祭壇前。

不，我永遠不會關上我的感官之門。視覺、聽覺和觸覺的快樂，將承載你的喜悅。

是的，我的一切幻想都會燃燒成快樂的亮光，我的一切願望都將成熟為愛的果實。

黃昏

白晝已去，暗影籠罩了大地。是我去溪邊汲水裝滿水罐的時候了。

夜空渴望著水流的哀樂。啊，它在召喚我到暮色中去。孤寂的小路上空無一人，起風了，河裏泛起陣陣漣漪。

我不知道是否應該回家，也不知道我會遇見什麼人。淺灘的小舟上，有一個陌生人正撥弄著琵琶。

禮物

你賜給我們凡人的禮物，滿足了我們的一切需要，儘管它們又絲毫不差地返還給你。

河水每天都有它的工作，急促地穿越田野和村落。然而，它那無盡的水流，又蜿蜒著回來洗濯你的雙腳。

花朵用它的芬芳薰香了空氣，但它最終的使命是把自己奉獻給你。

對你的崇拜不會令整個世界枯竭。

人們從詩人的詩句中，找尋取悅自己的意義，但是它們的最終意義還是指向你。

面對面

日復一日，啊，我生命的主啊，我能與你相對而立嗎？啊，全世界的主啊，我雙掌合十，能與你相對而立嗎？

在廣闊的天空下，一片靜謐和孤寂之中，我能夠帶著虔誠的心，與你相對而立嗎？

在你勞碌的世界裏，勞作與奮鬥喧騰，在熙熙攘攘的人群中，我能與你相對而立嗎？

當我完成了世俗的工作，啊，萬王之王，我能夠獨自一人，悄然與你相對而立嗎？

對你的愛

我知道你是我的上帝，但卻呆立一旁——我不知道你屬於我，卻靠近你。

我知道你是我的父親，就匍匐在你的腳下——我不會像和朋友握手那樣握住你的手。

我沒有站立在你降臨的地方把你據為己有，卻把你掛在心頭，當做自己的朋友。

你是我兄弟的兄弟，但我不理睬他們，我不和他們平分我的所得，這樣才能與你分享我的一切。

在快樂和痛苦中，我並沒有站在人類這邊，這樣才能與你站在一起。我畏縮著，不肯捨棄生命，於是，我沒有投身於偉大的生命之海。

迷失的星星

萬物伊始，繁星射出第一道炫目的光芒，眾神群集天上，唱著："啊，完美的圖畫，純粹的歡樂！"

突然，其中一位叫了起來——"光鏈好像斷了一處，一顆星迷失了。"

他們豎琴的金弦突然啪地斷了，歌聲戛然而止，他們驚惶地叫著——"是的，那顆迷失的星星是最美的，她是整座天堂的榮耀！"

從那天起，他們不停地尋找她，眾口相傳，由於她的丟失，世間失去了一種快樂。

只有在沉靜的夜裏，眾星微笑著相互低語——"尋找是徒勞的，無缺的完美籠罩了一切！"

永不忘記

假如我今生無緣與你相遇，就讓我永遠覺得難以相逢——讓我永不忘記，讓我在夢時醒時都經受這種悲痛的打擊。

當我的時間在這世間的鬧市中溜走，我的雙手堆滿每日的營利時，讓我永遠覺得一無所獲——讓我永不忘記，讓我在夢時醒時都經受這種悲痛的打擊。

當我坐在路邊，因疲憊而氣喘吁吁時，當我在塵土中安置床鋪時，讓我永遠覺得漫漫長路依然在我面前延伸——讓我永不忘記，讓我在夢時醒時都經受這種悲痛的打擊。

當我的屋子裝飾完畢，我吹響長笛，放聲大笑時，讓我永遠覺得還沒有邀你光臨寒舍——讓我永不忘記，在夢時醒時都經受這種悲痛的打擊。

浮雲

我像一片秋日殘雲，徒然飄拂空中。啊，我永遠絢爛的太陽！你的愛撫還沒有蒸乾我的水汽，使我與你的光輝交融。於是，我細數著與你分離的漫長歲月。

假如這是你的願望，你的遊戲，就請帶走我短暫的空虛，給它鍍金染色，讓它在肆虐的風中遊蕩，舒展成萬種奇觀。

再者，假如你希望晚上結束這場遊戲，我就在一片黑暗中，在潔白清晨的微笑中，或在剔透聖潔的清爽中，融化消失。

蹉跎歲月

在眾多散漫的日子裏，我痛惜以前蹉跎的時光。但是，我的主啊，它從沒被虛度過。你已把我生命裏的每寸光陰都掌握在手中。

你潛藏在萬物心裏，滋養每粒種子萌芽、開花，並孕育果實。
我累了，躺在閒適的床上，想像著一切工作都已停止。清晨醒來，我發現花園裏開滿了奇花異卉。

無盡的歲月

我的主啊，你手中的光陰是無盡的，你的分秒是無法計算的。
朝暉暮景，日夜輪轉，時代如同花開花謝。你懂得如何去等待。

你的世紀，接連不斷，完美了一朵小小的野花。
我們沒有時間去浪費，因為沒有時間，我們必須爭奪一切機會。我們一貧如洗，所以不能遲到。

因此，當我把時間給每一個急躁的並向我索要的人時，我的時間就消逝了，最後，你的祭壇上沒有一點祭品。

日子將盡，我匆忙起來，惟恐你關上大門。但是，我卻發現時間仍有餘裕。

珍珠項鏈

聖母啊，我要把我悲傷的淚滴連成珠串，掛上你的頸項。

繁星用它們的光之足鐲，來裝飾你的雙足，但我要把項鏈掛在你的胸前。

名利來源於你，並由你來定奪。但這哀愁卻絕對是我自己的，當我把它作為祭品獻給你的時候，你用你的仁慈來獎賞我。

離愁

離別的創痛籠罩了整個世界，無邊的天宇變得姿態萬千。

正是這離愁，夜夜默望著星辰，並在七月雨夜的蕭蕭葉片間化做抒情詩。

正是這彌漫的離恨，深化為愛和欲，成為人間的苦樂。正是它通過我詩人的心靈，融化成曲，噴薄而出。

主人的殿堂

當戰士們第一次走出他們主人的殿堂時，他們把力量藏在哪兒呢？他們的盔甲和武器藏在哪兒呢？

他們顯得可憐而無助，從主人的殿堂走出來的那一天，他們就經受了箭雨的洗禮。

當戰士們整隊走回他們主人的殿堂時，他們的力量又藏在哪兒呢？

他們放下刀劍與弓矢，和平舒展在他們的額上；從他們整隊走回主人的殿堂的那一天，他們就把生命的果實留在了身後。

死神

死神，你的僕人，來到我門前。他渡過無名之海，把你的召喚帶到我家。

夜色凝重，我心充滿恐懼——但還是要掌燈開門，向他鞠躬表示歡迎。那可是你的使者站在我門前。

我將眼含淚水，雙手合十來膜拜他，我將把我心中的珍品放在他的腳下來膜拜他。

他完成了使命，即將回去，在我的晨光中留下了陰影。我清冷的家中，只剩下孤獨的我，作為獻給你的最後祭品。

永恆的邊緣

抱著渺茫的希望，我在房間的每一個角落裏找尋她，卻找不到。

我的房間太小，東西一旦丟失就再也找不回來。

但是，我的主啊，你的府邸卻是無邊無際的，為了找她，我不得不來到你門前。

我站在你那暮靄籠罩的金色華蓋下，抬起充滿渴望的雙眼望向你的臉。

我來到來世的邊緣，這裏的萬物永生——沒有希望，沒有幸福，也沒有一張透過淚眼望見的臉龐。

啊，把我耗盡的生命浸入那海洋裏，把它投入那最深的圓滿之中。讓我在宇宙鴻蒙中，感受一次那已失去的甜蜜之觸吧！

破廟裏的神

破廟裏的神啊！斷弦的七弦琴不再吟唱歌頌你的讚歌，晚鐘也不再宣告膜拜你的時間。你周圍的空氣都是靜止的。

遊蕩的春風來到你孤寂的寓所。它帶來了花朵的消息——那些用來膜拜你的花朵，已不再有人呈獻了。

那些年老的流浪者中有你的膜拜者，永遠在渴望那拒施的恩典。黃昏時分，當光與影混雜於灰暗的塵埃之中時，他帶著心靈的饑渴，疲憊地回到這破廟裏。

破廟裏的神啊，眾多節日都在靜默中來到你面前。許多無燈的禮拜之夜都消逝了。

巧妙的藝術之主，造就了許多新的神像，末日到來之時，它們便被扔進遺忘的聖河中。

只有破廟裏的神，遺留在無人禮拜、永不磨滅的忽視之中。

不再高聲喧嘩

我不再高聲喧嘩了——這是我主的旨意。從那時起，我便低聲細語。我將用歌聲低唱出我的心裏話。

人們匆忙地趕到國王的市場去，所有買者和賣者都在那裏。但我卻在工作繁忙的正午時分，過早地離開了那裏。

讓花朵就在那時開放在我的園中，儘管花時未到；讓蜜蜂就在中午開始它們慵懶的嗡鳴。

我曾把充沛的時間，用在善惡的鬥爭中，然而現在，正是我閒暇時玩伴的雅興，把我的心吸引到他那裏。我也不知道為何這突然的召喚，會成為無用的紛爭！

死神叩門之時

你高舉的螢幕被白天與黑夜的巨刷刷出無數的花紋。你的座位在它後面編織成神秘而令人驚歎的曲線，拋棄了一切直線的重負。

你我的盛會蔓延到天際。在你我和諧的曲調中，空氣在震顫。在你我的追尋與隱匿中，光陰在流逝。

當死神來叩門的時候，你將貢獻什麼給他呢？

啊，我要在我的客人面前，擺上我斟滿的生命之杯——我絕不讓他空手而歸。

我所有秋日和夏夜的豐收，我忙碌一生所獲得和所收集的，在死神叩門的終結之日裏，我都要呈獻在他面前。

死亡

呵，你這生命最後的義務，死亡，我的死亡，來對我耳語吧！

我日日夜夜企盼著你。為你，我忍受了生命中的苦樂。

我的一切存在，一切所有，一切希望和一切愛，總在幽深的秘密中奔流向你。你的眼睛向我最後一瞥，我的生命就永遠屬於你了。

花環已編好。婚禮過後，新娘就得離家，在靜夜裏和她的主人獨處。

最後的帷幕

我知道這日子終將來臨，塵世漸漸消失，生命漸趨衰竭，拉下最後的帷幕蓋上我的雙眼。

但星辰仍會在夜中守望，晨曦仍會降臨，時光像翻騰的海浪，激蕩著歡樂與哀傷。

當我想到時間的終結，時間的屏障便破裂了，在死亡之光中，我看見了你的世界充斥著棄置的珍寶。最低下的座位恰是極其珍貴的，最卑賤的生物恰是世間少有的。

我苦求未得的和我已得到的——都去吧！只讓我真正擁有那些我所輕視和忽略的東西。

辭別

我得上路了。弟兄們，為我餞行吧！向你們大家鞠躬後我就啟程了。

我交還我的門鑰匙——交出了房子的所有權。我只請求你們最後的幾句好話。

我們是老鄰居了，我所得到的遠比我付出的多。天已破曉，我黑暗屋角的燈已熄滅。召命已到，我已準備好遠行了。

離別

離別時刻，祝我一路順風吧，我的朋友們！天空裏晨光輝煌，我的前途是美麗的。

不要問我帶些什麼到那邊去。我只帶著空空的手和企盼的心。

我要戴上婚禮的花環。我穿的不是紅褐色的行裝，雖然未來之旅危險重重，但我心無懼意。

旅途盡處，晚星將生，從王宮的門口將飄出黃昏的淒樂。

門檻

初踏這生命的門檻，我毫無知覺。

是什麼力量使我在這無邊的神秘中開放，像一朵嫩蕊，綻放在午夜的森林之中！

晨光乍現，我立刻覺得，在這世界裏我不再是一個陌生人，那不可思議、不可名狀的，已以我母親的形象，擁我入懷。

即使這樣，在死亡裏，這相同的不可知者也要以我熟識的面目出現。我愛生命，我知道我也會同樣愛死亡。

當母親從嬰兒口中拿開右乳時，他號啕大哭，但他立刻又從左乳得到了安慰。

離別之語

我所見過的都是無與倫比的，我走時，就用這個道別吧！
我嘗過在光明海上開放的蓮花裏珍藏的蜂蜜，於是我受了祝福——讓我用這個道別吧！
這形態萬千的遊戲室裏，我遊玩過，就在這裏，我瞥見了無形的他。
我渾身上下因那無須觸碰的撫摸而震顫。假如此時死亡降臨，就讓它來吧——讓我用這個道別吧！

無知

當我和你玩耍時，我從沒問過你是誰。我不知羞怯與懼怕，我的生活是喧騰的。
清晨，你把我喚醒，像我自己的夥伴一樣，帶著我穿行林間。
那些日子，我從未想過去了解你對我唱的歌曲的意義。我只是隨聲附和，心兒踏歌起舞。
現在，遊戲的時光已過，這突然出現在我眼前的情景是什麼呢？世界垂下眼簾緊盯你的雙腳，和肅穆的群星一同敬畏地站著。

絕對的死亡

我要以我的戰利品和失敗的花環來裝點你。逃避、不受征服，是我力所不及的。

我確實知道我的驕傲會碰壁，我的生命將因極端的痛苦而炸裂，我空虛的心將像一枝空葦嗚咽出哀音，頑石也會化做眼淚。

我確實知道蓮花的百瓣不會永遠緊閉，深藏的花蜜定將顯露。

碧空中將有一隻眼睛凝視我，默默地召喚我。我將一無所有，徹底地一無所有，並將從你腳下領受絕對的死亡。

靜心

放下舵盤，我知道，是你接管的時候了。該做的馬上就會做。掙扎是徒勞的。

我的心啊，請把手拿開，默默地承受你的失敗吧，想到依舊能在你的位置上靜坐，這可是件幸事。

陣陣微風吹滅了我的燈，為重新點燃它們，我一再忘掉了其他的一切。

但這一次我要聰明一些，我把席子鋪在地上，在黑暗中等待你。

我的主啊，什麼時候你高興了，就請悄悄地過來坐會兒吧！

形象之海

我潛入那內涵豐富的深海，希望能得到那形狀不一的完美珍珠。

我將不再駕駛我那久經風雨的舊船，穿行於各個海港。我弄潮的日子早已遠去。

現在，我渴望死於不滅之中。

我要把我生命的豎琴，帶到那迴響著無調音樂的觀眾廳裏，那深不可測的無底深淵旁。

我要給我的琴弦調音，使之與永恆的樂音合拍，當它哽咽出最後的言語時，就把我緘默的豎琴放在靜寂的腳邊。

歌曲

在我的一生中，我一直用歌曲來追尋你。是你，領我挨門逐戶地走，也正是在它們中，我感受到了自己，並探索著，觸摸著我的世界。

是我的歌教給我所有我學過的功課，它們指給我捷徑，並把我心中地平線上的繁星，呈現在我眼前。

它們終日裏把我領進歡喜哀愁的神秘國度。最後，黃昏時分，旅程將盡，它們會把我帶到哪個宮闕的大門？

含笑而坐

在眾人面前，我誇口說我認識你。在我所有的作品中，他們看到了你的畫像。他們走來問我："他是誰？"我不知道該怎樣回答。我說："事實上，我不能說。"他們責備我，不屑地走開了。而你，卻坐在那裏微笑。

我把你的故事寫進永恆之歌。秘密從我心中湧出。他們過來問我："告訴我所有的含義吧！"我不知道該如何回答。我說："啊，誰知道那是什麼意思！"他們哂笑著，輕蔑至極地走開了。而你，卻坐在那裏微笑。

膜拜

我的上帝，在我膜拜你時，讓我所有的感知都舒展開來，並去觸摸你腳下的世界。

在我膜拜你時，讓我全心全意地拜倒在你門前，如同七月的雨雲，帶著未降的雨點低低垂下。

在我膜拜你時，讓我所有的詩歌，將它們不同的曲調匯聚成一股洪流，注入一片靜海之中。

在我膜拜你時，讓我的全部生命，啟程回到它永恆的家鄉，如同一群思鄉之鶴，日夜兼程地飛回它們的山巢。

園丁集

The Gardener

Who are you, reader, reading my poems an hundred years hence? I cannot send you one single flower from this wealth of the spring, one single streak of gold from yonder clouds.

Open your doors and look abroad.

From your blossoming garden gather fragrant memories of the vanished flowers of an hundred years before. in the joy of your heat may you feel the living joy that sang one spring morning, sending its glad voice across an hundred years.

你是誰，讀者，百年之後讀著我的詩？

我無法從春天的財富裏為你送去一朵鮮花，

從遠方的雲裏為你送去一縷金霞。

打開門向四周看看。

從你繁花盛開的園中採集百年前消失了的鮮花的芬芳記憶。

在你心的歡樂裏，

願你感受吟唱春日清晨的鮮活的喜悅，

讓歡快的聲音穿越一百年的時光。

1

僕人：女王啊，寬恕您的僕人吧！

女王：集會已經結束了，我的僕人都走了。這麼晚了你來做什麼？

僕人：您與別人的事情結束了，就該是我的時間了。我過來問問，還剩什麼事要讓您最後的僕人去做。

女王：這麼晚了，你還期望著做什麼呢？

僕人：讓我做您花園的園丁吧！

女王：荒唐！

僕人：我會擱下我其他的事情。我會把我的劍與矛扔進塵土中。別把我送到那遙遠的宮廷；別命令我作新的征討。就讓我做您花園中的園丁吧！

女王：你將履行什麼職責呢？

僕人：侍侯您的閒暇時光。我會讓您清晨散步時，時時看到小路上芳草鮮嫩，您的腳每挪動一步，將有鮮花甘願冒死來問候，來讚揚您。

我會讓您在七葉樹花枝間的鞦韆上搖盪，初升的月亮掙扎著穿過枝葉，親吻您的長裙。

我會給您床頭燃著的燈盞裏注滿芳香的燈油，用檀香和藏紅花膏塗成奇妙的圖案，裝飾您的腳凳。

女王：你想要什麼樣的回報？

僕人：允許我捧著您的小拳頭，像捧著柔嫩的蓮花花蕾，把花鏈滑到您腕上；用無憂的紅花花汁染紅您的腳底，親吻掉偶然間灑落在那裏的塵埃。

女王：你的請求准許了，我的僕人，你將是我花園的園丁。

2

"啊，詩人，暮色就要降臨了，你的頭髮變白了。

"在你孤獨的沉思中，是否聽到了來世的消息？"

"是黑夜了，"詩人說，"我還在聆聽，因為可能有人在村子裏叫我，儘管很晚了。

"我觀望著，看是否有年輕漂泊的心相聚，是否有兩雙渴望的眼睛乞求著音樂來打破他們的沉靜，替他們道出心聲。

“誰會在那裏編織他們火熱的情歌，如果我坐在生命的海岸，思索著死亡與來世？

“那夜初的星辰消隱了。

“寂靜的河邊，殯葬堆中的火焰慢慢熄滅了。

“疲憊的月光中，豺狼在廢棄的院落中齊聲嗥叫。

“如果某個離家的流浪者，來這裏觀看夜色，垂首聆聽黑暗的低語，誰會把生命的意義在他耳邊輕訴，如果我關上門，試圖與世俗的羈絆隔絕？

“我頭髮變白了，不過是小事一椿。

“我永遠像這個村上最年輕的人一樣年輕，最蒼老的人一樣蒼老。

“有些人微笑了，甜甜地，純真地笑了，而有些人眼中，閃著狡黠的光。

“有些人在白天揮灑著眼淚，而有些人的眼淚隱藏在黑暗中。”

他們都需要我，我沒有時間來思索來世。

“我與每個人都同齡，我的頭髮變白了又能怎樣？”

3

清晨，我把漁網撒進了大海。

我從黑暗的深淵拖出一些東西：奇異的形狀，奇異的美麗——有些照耀著，像微笑；有些閃爍著，像眼淚；有些一片紅暈，像新娘的臉頰。

我帶著一天的負擔回到家時，我的愛人正坐在花園中，悠閒地扯動著片片花葉。

我猶豫片刻，然後把所有打撈的東西放在她腳邊，默默地站在一邊。

她掃了那些東西一眼說：“這些怪東西是什麼？我不知道它們有什麼用！”

我低下頭，羞愧地想：“我不曾為這些東西奮鬥，也沒到市場上去購買它們；它們不是我獻給她的合適的禮物。”

整整一夜，我把它們一件一件地丟到了大街上。

清晨，遊人們來了，撿起那些東西，把它們帶到了遙遠的國度。

4

天呀，為什麼他們把我的房子建在通往城鎮的馬路邊？

他們把滿載的船隻停泊在我的樹林附近。

他們隨意地逛來逛去。

我坐下來看著他們，歲月蹉跎了。

我不能回絕他們，於是，我的日子流走了。

日日夜夜，他們的腳步聲在我門前響起。

我徒勞地喊：「我不認識你們。」

他們中的一些人我的手指認識，一些我的鼻孔認識，我血管中的血液似乎認識他們，還有一些人我的睡夢認識。

我不能回絕他們，我叫住他們說，「誰如果願意的話，到我房中來吧！是的，來吧！」

清晨，寺廟裏的鐘聲敲響了。

他們手中捧著籃子來了。

他們的腳玫瑰般地紅潤。清晨的微光灑在他們臉上。

我不能回絕他們，我叫住他們說：「來我的花園中採集鮮花吧！到這裏來吧！」

中午，宮殿門口響起了鑼鼓聲。

我不知道他們為什麼放下手中的工作，徘徊在我的籬笆附近。

他們頭上的花蒼白了，凋零了；他們長笛中的音符疲憊了。

我不能回絕他們。我叫住他們說：「我樹下的陰涼很清爽。來吧，朋友們。」

夜晚，小樹林中蟋蟀在鳴叫。

那是誰啊，緩緩地來到我門前，輕輕地叩門？

朦朧間我看到那張臉，他一言不發，四圍是一片寂靜的天空。

我不能回絕我沉靜的客人。透過黑暗我看著這張臉，夢幻的時光流走了。

5

我心緒煩亂，渴望著遠方的東西。

我的靈魂在渴望中出走，去觸摸那遙遠黯淡的裙沿。

啊，偉大的來生，啊，你笛聲中熱切的呼喚！

我忘記了，我總是忘記，我沒有翅膀，不能飛，我始終被束縛在這個地方。

我渴望而又清醒，我是陌生土地上的陌生人。

你的呼吸走近我，低語著一個不可能的希望。

我的心瞭解你的語言，就像瞭解它自己的一樣。

啊，遙遠的追尋啊，啊，你笛聲中熱切的呼喚啊！

我忘記了，我總是忘記，我不認得路，我沒有生翅的駿馬。

我情緒低落，我是自己心中的流浪者。

在疲倦時光的日靄中，在天空的蔚藍中，呈現出的你的幻影是多麼廣闊！

啊，那最遙遠的盡頭，啊，你笛聲中熱切的呼喚！

我忘記了，我總是忘記，我獨居的屋子裏，處處都房門緊閉！

6

順從的鳥兒在籠子裏，自由的鳥兒在森林裏。

時間到了，它們會相遇，這是命運的判決。

自由的鳥兒喊道："噢，我的愛人，讓我們飛到樹林裏去吧！"

籠中的鳥兒小聲說："到這來吧，讓我倆都住在籠裏吧！"

自由的鳥兒說："在牢籠中間，哪有空間展開羽翅？"

"天，"籠中的鳥兒叫道，"在天上，我不知道哪有讓你休息一會兒的地方。"

自由的鳥兒喊道："親愛的，高唱森林之歌吧！"

籠中的鳥兒說：「坐到我旁邊吧，我來教你博學者的語言。」

森林的鳥兒叫道：「哈，不，絕不！歌從來就是不用教的。」

籠中的鳥兒說：「我的天啊，我從來不知道什麼森林之歌。」

它們的愛情在渴望中更加熱烈，但它們永遠不能比翼雙飛。

它們隔著籠子看著對方，但相知相解的願望只是徒然的。

它們在思慕中拍著翅膀鳴唱：「靠近一些吧，我的愛人！」

自由的鳥兒叫著：「不能啊，我害怕籠子緊閉的門。」

籠中的鳥兒低聲說：「天，我的翅膀沒有力量，已然廢棄。」

7

媽媽啊，年輕的王子要從我們門前經過——今天早晨我哪還有心思幹活啊？

教給我怎樣編起頭髮；告訴我該穿什麼樣的衣裝。

你為什麼驚訝地望著我，媽媽？

我很清楚他不會瞧一眼我的窗子；我也知道他會轉瞬間走出我的視線；只有那漸弱的疲憊的笛聲，在遠方朝我哀泣。

但是年輕的王子會從我們門前經過，我要為那一刻穿上最好的衣裝。

媽媽啊，年輕的王子從我們門前過去了，朝陽在他的戰車上放射出光芒。

我揭開臉上的絲紗，扯下我頸上的紅寶石項鏈，拋在他走來的路上。

你為什麼驚訝地望著我，媽媽？

我非常清楚他沒有拾起我的項鏈，我也知道它已被他的車輪碾碎，留做塵土中的一片紅斑，沒有人知道我的禮物是什麼，或是給誰。

可是，年輕的王子曾從我們門前經過，我曾把胸前的寶石扔到他面前的路上。

8

當我床頭的燈熄滅時，我同晨鳥一起醒來。

我坐在打開的窗前，在鬆散的秀髮上戴上鮮嫩的花環。

在清晨玫瑰色的薄霧中，年輕的旅人沿路走來。

他項上掛著一串珍珠，陽光灑到他的花冠上。

他在我門前停下，用急切的呼聲問我："她在哪兒？"

我羞得不能言語："她是我，年輕的旅人，她就是我呀。"

夜幕降臨，燈還沒有點上。

我心緒不寧地編著我的髮辮。

年輕的旅人駕著戰車在夕陽的光輝中趕來。

他的馬兒口中吐著白沫，他的衣衫上掛著灰塵。

他在我門前跳下車，用疲憊的聲音問："她在哪兒？"

我羞得不能言語："她是我，疲倦的旅人，她就是我呀。"

這是一個四月的夜晚。我房中的燈還亮著。

南方的微風徐徐吹來。聒噪的鸚鵡在它的籠中睡去。

我的胸衣像孔雀頸翎一般華豔，我的披風像鮮嫩的青草一般翠碧。

我坐在窗前的地上，凝望著清冷的大街。

透過漆黑的夜色，我不停地呢喃："她是我，絕望的旅人，她就是我呀。"

9

當我在夜晚獨自去約會時，鳥兒不鳴，風兒不吹，大街兩旁的房屋靜靜地站著。

那越走越響的是我自己的腳鐲，我羞愧難當。

當我坐在陽臺上，聆聽他的腳步，樹上的葉子紋絲不動，河水靜止得像熟睡的哨兵膝頭的刀劍。

那瘋狂跳動的是我自己的心——我不知道怎樣平息它。

當我的愛人過來坐到我身邊，我的身體戰慄著，我的眼瞼低垂著，夜黑了，風吹滅了燈，雲給繁星罩上了帷幕。

那閃爍照耀的，是我自己胸中的珠寶。我不知道怎樣藏起它。

10

放下你的活計吧，新娘。聽，客人來了。

你聽到了嗎，他在輕輕搖動門閂的鏈子？

小心你的腳鐲，不要讓它發出太大聲響，你迎接他的腳步不要太過匆忙。

放下你的活計吧，新娘，客人在晚上來了。

不，那不是可怕的風，新娘，別驚慌。

那是四月夜晚的滿月；院落中的影子淒清蒼白，頭頂的天空明朗清澈。

如果你覺得需要，就用面紗遮住你的臉吧；如果你害怕，就提著燈去門口吧！

不，那不是可怕的風，新娘，別驚慌。

如果你害羞，就別跟他說話；你就站在門邊迎接他吧！

如果他問你問題，你可以沈默著垂下你的眼睛，如果你願意。

當你提著燈引他進門時，不要讓你的手鐲叮噹作響。

如果你害羞，就別跟他說話。

你還沒有完成你的活計嗎，新娘？聽，客人來了。

你還沒有在牛棚裏點上燈嗎？

你還沒有準備好晚禱的供品籃嗎？

你還沒有把紅色的幸運符繫在你的髮際嗎？還沒有理好你的晚裝嗎？

新娘啊，聽到了嗎，客人來了？

放下你的活計吧！

11

素面朝天地來吧，別在梳妝上拖延時間了。

如果你的髮辮鬆散了，如果你的髮縫歪了，如果你胸衣的絲帶鬆開了，別在意。

素面朝天地來吧；別在梳妝上拖延時間了。

來吧，從草地上快步跑來吧！

如果你腳上的紅赭石被露水沾掉了，如果你腳踝上的鈴串鬆弛了，如果珍珠從你的鏈子上脫落了，別在意。

來吧，從草地上快步跑來吧！

你是否看到烏雲遮住了天空？

遠遠的河岸上，一群群野鶴飛向天宇，一陣陣狂風掃向石南樹叢。

受驚的牛羊衝向村裏的畜欄。

你是否看到烏雲遮住了天空？

你徒勞地試圖點燃盥洗的燈——它在風中搖曳著熄滅了。

誰會知道你的眼瞼上沒有畫眼影？因為你的眼睛比墨雲還黑。

你徒勞地試圖點燃盥洗的燈——它熄滅了。

素面朝天地來吧，別在梳妝上拖延時間了。

即使花環沒有編好，誰會在意呢；如果腳鏈沒有繫牢，就任它去吧！

天空佈滿了烏雲——時候不早了。

素面朝天地來吧，別在梳妝上拖延時間了。

12

如果你忙著要把水罐灌滿，來吧，到我的湖邊來吧！

湖水會緊緊擁著你的雙腳，喃喃地傾訴它的秘密。

大雨前奏的雲影籠罩著沙灘，烏雲低低地垂掛在綠樹勾勒出的青黛的曲線上，彷彿你眉頭上濃密的秀髮。

我熟知你腳步的節奏，它們敲擊在我的心上。

來吧，到我的湖邊來吧，如果你必須把你的水罐灌滿。

如果你想慵懶閒坐，任你的罐子在水上漂浮，來吧，到我的湖邊來吧！

草坡青碧，野花無數。

你的思緒將從烏黑的眸子中漂走，像鳥兒飛出了它們的巢穴。

你的面紗將滑落到你的腳下。
來吧，到我的湖邊來吧，如果你必須悠然閒坐。

如果你想拋開遊戲扎進水裏，來吧，到我的湖邊來吧！
讓你藍色的披風躺在湖岸上吧，蔚藍的湖水將把你覆蓋隱藏。
波浪會踮起腳來吻你的脖子，在你耳邊低語。
來吧，到我湖邊來吧，如果你想扎進水裏。

如果你一定要去瘋狂，去躍向死亡，來吧，來到我湖邊來吧！
它清爽冰涼，深邃無底。
它陰沈黑暗，像無夢的睡眠。
它的深處，晝與夜合為一體，歌聲與沈默沒有區分。
來吧，到我的湖邊來吧，如果你要躍向死亡。

13

我別無所求，只站在樹林邊的大樹後面。
黎明的眼睛上還留著倦意，空氣中還帶著露的痕跡。
地面上的薄霧中，懸掛著潮濕的青草慵懶的香氣。
榕樹下，你正用雙手擠著牛奶，雙手如凝脂一般柔滑鮮嫩。
我一動不動地站立著。

我一言不發，那是藏在密葉叢中的鳥在歌唱。
芒果樹搖落一樹的繁花，灑在鄉間的小路上，一隻隻蜜蜂，嗡嗡地唱著，接踵而至。

池塘邊，濕婆廟的大門敞開了，朝拜者們已開始誦經。
你正在擠著牛奶，膝頭放著容器。
我拿著自己空空的罐子站立著。
我沒有靠近你。
天空和寺廟的鐘聲一同醒來。
被驅趕的牛群的蹄子揚起了路上的灰塵。
女人們腰間帶著叮噹作響的水罐，從河邊走來。

你的手鐲叮叮噹噹，泡沫從你罈中溢出。
清晨過去了，我沒有靠近你。

14

我在路上行走，不知道為什麼，中午過後，竹枝在風中沙沙作響。
傾斜的影子伸出臂膀，拖住時光匆匆的腳步。
布穀鳥厭倦了自己的歌聲。

我在路上行走，不知道為什麼。
水邊的茅屋被懸於頭頂的大樹蔭蔽著。
有人在忙著她的活計，角落裏響著她的腳鐲鳴奏的樂音。

我站在這茅屋前，不知道為什麼。
狹窄的小徑蜿蜒著穿過一片片芥菜地，一層層芒果林。
它經過村莊的寺廟，經過碼頭的市集。

我在這茅屋前停下，不知道為什麼。
多年前，一個微風輕拂的三月天，泉水慵懶地低吟，芒果花飄落在塵
土中。
細浪騰躍，輕輕拍打著渡頭臺階上的銅罐。

我回想著微風輕拂的三月天，不知道為什麼。
暗影加重，牛羊回欄。
孤寂的草地上日色蒼茫，村民們在岸邊等候著渡船。
我拖著腳步慢慢地回去，不知道為什麼。

15

我像麝香鹿一樣在森林的樹蔭中奔跑，為自己的香氣而瘋狂。
夜晚是五月中旬的夜晚，和風是南方的和風。
我迷路了，我遊蕩著，我追尋的是我得不到的，我得到的是我不曾追
尋的。

我自己願望的形象從我心中走出來跳舞。

這隱約閃爍的幻影飛掠而出。

我試圖緊緊抓住它，它避開了我，又把我引入歧途。

我追尋的是我得不到的，我得到的是我不曾追尋的。

16

手牽著手，眼望著眼：這樣就開始了我們的心路歷程。

那是三月一個灑滿月光的夜晚；空氣中飄著散沫花香甜的氣息；我的長笛孤零零地躺在泥土中，你的花串也沒有編好。

你我之間的愛單純得像一支歌。

你橘黃色的面紗迷醉了我的雙眼。

你編織的茉莉花環像一種榮耀，震顫了我的心。

這是一個欲予欲留，忽隱忽現的遊戲；有些微笑，有些嬌羞，還有些甜蜜無謂的掙扎。

你我之間的愛單純得像一支歌。

沒有視線之外的神秘；沒有可能之外的強求；沒有魅力背後的陰影；沒有黑暗深處的探索。

你我之間的愛單純得像一支歌。

我們沒有偏離出語言的軌道，陷入永恆的沈默；我們沒有舉起手，向希望之外的空虛奢求。

我們給予的與得到的已經足夠多了。

我們不曾把歡樂徹底碾碎，從中榨出痛苦之酒。

你我之間的愛單純得像一支歌。

17

黃鳥在樹上歌唱，讓我的心歡快起舞。

我倆住在同一個村莊，這是我們的一份喜悅。

她寵愛的一對小羊羔，來到我家花園的樹蔭下吃草。

如果它們闖進我家的麥田，我就把它們抱在臂彎裏。
我們的村莊叫康家那，我們的河被稱為安紮那。
我的名字全村人都知道，而她叫做藍嘉娜。

我們之間僅隔著一塊田地。
我家小樹林中築巢的蜜蜂，飛到她們那邊去採蜜。
從她們渡口臺階上流來的落花，漂到了我們洗澡的小溪中。
一籃一籃的幹紅花從他們田裏送到了我們的市集上。
我們的村莊叫康家那，我們的河被稱為安紮那。
我的名字全村人都知道，而她叫做藍嘉娜。

伸向她家的那條蜿蜒小路，春天飄滿芒果的花香。
他們的亞麻籽成熟收穫時，我們田間的大麻正在開花。
在他們小屋前微笑的星星，也把同樣閃爍的眼神送給我們。
在他們池塘裏流溢的雨水，也讓我家的迦懸樹林歡悅。
我們的村莊叫康家那，我們的河被稱為安紮那。
我的名字全村人都知道，而她叫做藍嘉娜。

18

兩姐妹去打水時，她們來到這裏，微笑了。
她們一定發覺了，每次她們打水時，總有人躲在樹後。
兩姐妹互相低語著，當她們來到這裏時。
她們一定是猜到了，每次她們打水時那個總是躲在樹後的人的秘密。
當她們走到這裏時，她們的水罐突然傾倒，水潑濺了出來。
她們肯定發現了，每次她們打水時，那個總躲在樹後的人心跳不止。
兩姐妹來到這兒時，相互交換著眼神，微笑了。
她們輕快的腳步帶著微笑，這讓那個每次她們打水時總躲在樹後的人
神魂顛倒。

19

你走在河畔的小路上，腰間帶著滿滿的水罐。

你為何迅速回頭，透過飄動的面紗窺視我的臉？

這從幽暗中投來的一瞥，像微風掠過水面，漾起漣漪，捲進昏沉的海岸。

它來到我身邊，像黃昏的鳥兒，急急地從一扇窗飛到另一扇窗，穿過無燈的房間，消失在黑夜中。

你隱藏著，像山後的一顆星，而我，是路上的一個行人。

但是你為什麼要停一會兒，透過你的面紗窺視我的臉，在你走在河畔的小路上，腰間帶著滿滿的水罐時。

20

一天又一天，他來了又離開。

去吧，我的朋友，我把頭上的一朵花送給他。

如果他問贈花的人是誰，我懇求你不要告訴他我的名字——因為他只是來了又離開。

他坐在樹下的塵土裏。

用花與葉在那兒鋪一個坐位，我的朋友。

他的雙眼滿是憂傷，也把憂愁帶到我的心裏。

他不說自己的心事；他只是來了又走了。

21

當天色破曉，這年輕的流浪者，他為什麼選擇來到我的門前？

每次我進進出出經過他的身旁時，我的目光總是被他的面容吸引。

我不知道是該和他說話還是保持沈默。他為什麼要選擇來到我門前？

七月陰沈的夜黑沉沉的；秋日的天空是柔和的藍色；春天裏南風攪得日子躁動不安。

他每次都用清新的曲調編織他的歌。

我放下工作，滿眼迷茫。他為什麼選擇來到我的門前？

22

當她快步走過我身邊時，她的裙邊觸到了我。

從心中那未知的小島上突然飄來一陣春天的溫馨。

一陣攪擾的紛繁襲我而過，又轉瞬即逝，像一片撕碎的花瓣在風中飄落。

它落在我的心上，像她身體的歎息，像她心靈的低語。

23

你為什麼百無聊賴地坐在那兒，叮叮噹噹搖動手鐲？

灌滿你的水罐吧，該回家了。

你為什麼用你的雙手百無聊賴地撩弄著流水，又時不時窺望著路上那個人？

灌滿你的水罐回家吧！

清晨的時光過去了——黑暗的水繼續奔流著。

波浪悠閒地歡笑著，相互低語著。

流雲聚在遠方浮起的土地的天邊。

它們悠閒地徘徊著，看著你的臉，微笑著。

灌滿你的水罐回家吧！

24

別把你心中的秘密藏起，我的朋友！

說給我聽吧，只說給我，悄悄地。

你笑得這麼柔，說得這麼輕，聽到它的，將是我的心，而不是我的耳朵。

夜深了，房屋沈默了，鳥巢被睡眠籠罩著。

透過遲疑的淚光，透過沉吟的微笑，透過甜蜜的羞澀與痛楚，說給我聽吧，說出你心中的秘密。

25

"到我們這裏來，年輕人，說出實情，為什麼你眼中帶著狂亂？"

"我不知道喝了什麼樣的野罌粟酒，讓我眼中這樣狂亂。"

"唉，羞人啊！"

"好啦，有人明智，有人癡笨，有人粗心，有人謹慎。
有的眼睛微笑，有的眼睛哭泣——而我眼中帶著狂亂。"

"年輕人，你為什麼站在樹蔭下這樣一動不動？"

"我心頭的重負讓我的雙腳疲憊不堪，所以我站在樹蔭下一動不動。"

"唉，羞人啊！"

"好啦，有人一路挺進，有人流連徘徊，有人自由放浪，有人備受羈絆——而我心頭的重負讓我的雙腳疲憊不堪。"

26

"你手中心甘情願的施捨我會取走，我不再有別的乞求。"

"好吧，好吧，我瞭解你，謙卑的乞丐，你乞求的是一個人的全部所有。"

"如果有一朵飄零的花，我會把它戴在心頭。"

"可如果那兒有刺呢？"

"我將忍受。"

"好吧，好吧，我瞭解你，謙卑的乞丐，你乞求的是一個人的全部所有。"

"如果你抬起和善的雙眼，看看我的臉，哪怕僅僅一次，也會讓我的生命充滿甜蜜，超越死亡。"

"但如果那眼神只有殘忍呢？"

"我將讓它永久地刺透我的心。"

"好吧，好吧，我瞭解你，謙卑的乞丐，你乞求的是一個人的全部所有。"

27

"相信愛情吧，即使它會帶來悲痛。不要關上你的心扉。"

"啊，不，我的朋友，你的語言太晦澀，我不能理解。"

"我的愛人啊，心兒僅僅是為了送人的，連同一滴淚，一支歌。"
"啊，不，我的朋友，你的語言太晦澀，我不能理解。"

"歡樂像露珠一樣脆弱，笑聲中便會隕落。可悲痛堅強而持久。讓悲傷的愛情在你眼中甦醒吧！"
"啊，不，我的朋友，你的語言太晦澀，我不能理解。"

"蓮花在太陽的視野內開放，失去了它的全部。而在冬日永恆的迷霧中，它不會再有花苞。
"啊，不，我的朋友，你的語言太晦澀，我不能理解。"

28

你質問的目光那麼憂傷。它們探究我的意圖，像月亮在洞察大海。

我已把我的生命徹頭徹尾地袒露在你眼前，沒有隱瞞，沒有保留。這就是你不認識我的緣由。

如果它只是一塊寶石，我會把它碎成百餘片珠玉，穿成鏈子，掛在你項上。

如果它只是一朵鮮花，圓潤、嬌小、甜美，我會把它從枝上採下，插上你的秀髮。

然而，我的愛人啊，它是一顆心。哪兒是它的海岸，哪兒是它的盡頭？

你不知道這個王國的疆界，但你仍是它的女王。

如果它僅僅是片刻的歡樂，它會在從容的微笑中開放，而你就會在片刻間看到它，讀懂它。

如果它不過是一陣痛楚，它會融化成清澈的淚水，無言地反射出心底最深處的秘密。

然而，我的愛人啊，它是愛。

它的歡樂和痛苦無邊無際，無邊無際的還有它的渴求與財富。

它與你如此親近，親近得像你的生命，但你永遠不能完全瞭解它。

29

對我說吧，我的愛人！用話語告訴我你唱的是什麼。

夜色漆黑。星星迷失在雲裏。風在樹葉間歎息。

我將鬆開我的秀髮。我藍色的斗篷將像黑夜一般緊緊地纏繞我。我將把你的頭貼在我胸前；在甜蜜的孤寂中在你心頭低訴。我將閉上眼睛聆聽。我不會端詳你的臉。

當你的話語結束了，我倆會靜靜地、沈默地坐著。只有樹木在黑暗中低吟。

夜色將變得蒼白。天將破曉。我們將看著彼此的眼睛，然後踏上不同的旅程。

對我說吧，我的愛人！用話語告訴我你唱的是什麼。

30

你是夜晚的雲，飄拂在我夢想的天空。

我不斷地用我愛情的渴望描繪你，塑造你。

你是我一個人的，僅僅是我一個人的，我無邊無垠的夢幻裏居住的人！

你的雙腳在我心的渴望之光中玫瑰般紅豔，我夕陽之歌的採集者！

你的雙唇在我的痛苦之酒中苦澀而甜蜜。

你是我一個人的，僅僅是我一個人的，我孤獨寂寞的夢幻裏居住的人！

我用激情的陰影染黑你的眼睛，出沒於我凝望深處的人！

我的愛人，在我的音樂之網中，我抓住了你，裹住了你。

你是我一個人的，僅僅是我一個人的，我不死不滅的夢幻裏居住的人！

31

我的心，這荒野之鳥，在你的雙眼中發現了藍天。

它們是清晨的搖籃，它們是群星的王國。

我的歌迷失在它們的深淵裏。

就讓我在那天空中飛翔，在它孤寂的浩瀚中。

就讓我穿破它的雲層，在它的陽光中展開翅膀。

32

告訴我，這是否全是真的，我的愛人，告訴我，這是否是真的。
當雙眼閃出電光，你胸中的烏雲就會作出風暴般的回答。

那是否是真的，我的雙唇是否真的像剛剛綻放的初戀的花蕾一樣甜美？
那消失了的五月的記憶是否仍流連於我的肢體？
大地是否像豎琴一樣在我雙腳的撫弄下震顫成歌曲？

那是否是真的，當看到我時，露珠會從夜的眼睛中滴落，晨光也真會因為環裹我的身體而歡躍異常嗎？

那是否是真的，是否是真的，你的愛是否獨自穿越生生世世來將我追覓？
是否當你最終找到我時，你那歲月般久遠的渴望，在我輕柔的低語中，在我柔滑的秀髮中，在我的雙眸裏，在我的朱唇間，找到了你完全的平和？
那是否是真的，那無限的神秘是否真的寫在我小小的額頭？
告訴我，我的愛人，這些是否都是真的。

33

我愛你，心愛的人。請寬恕我的愛。
像我捕獲的一隻迷路的鳥。
當我的心顫抖時，它丟掉了面紗，赤裸裸呈現出來。用憐憫遮住它吧，我心愛的人，請寬恕我的愛。

如果你不能愛我，心愛的人，請寬恕我的痛苦。
不要從遠處斜眼看我。
我將偷偷地回到我的角落，在黑暗中獨坐。

我將用雙手遮住我赤裸的羞慚。
轉過你的臉，不要看我，心愛的人，請寬恕我的痛苦。

如果你愛我，心愛的人，請寬恕我的快樂。
當我的心被幸福的洪水捲走時，別笑我沒有理智的放縱。
當我坐上我的寶座，用我專制的愛來統治你，當我像女神一樣把我的
寵愛恩賜於你時，請忍受我的驕傲，心愛的人，請寬恕我的快樂。

34

不要走，我的愛人，不要不辭而別。
我守候了整整一夜，此刻我的眼睛被困倦壓得沉重。
我害怕睡去時，我會失去你。
不要走，我的愛人，不要不辭而別。
我驚跳起來，伸手去觸摸你。我問自己：“這是一個夢嗎？”
但願能用我的心纏住你的雙足，把它們緊緊抱在我胸前！
不要走，我的愛人，不要不辭而別。

35

惟恐這麼輕易地認識你，你會對我耍花樣。
你用笑聲閃耀的光迷眩我的雙眼，遮掩你的淚水。
我知道，我知道你的把戲。
你的話語從來就不是你心中所想。

惟恐我不珍視你，你千方百計把我躲避。
惟恐我把你與眾人混淆，你獨立一旁。
我知道，我知道你的把戲。
你走的路從來就不是你心中所願。
你的要求多於別人，所以你才保持沈默。
你用嬉笑的漫不經心迴避我的贈與。
我知道，我知道你的把戲。
你接受的從來就不是你心中所求。

36

他低語：“我的愛人，抬起眼吧！”
我厲聲斥責他，道：“走！”而他卻一動不動。

他站在我面前，拉起我的手。我說：“走開！”但他卻沒有走。
他把臉靠近我的耳朵。我瞥了他一眼說：“多羞啊！”可他沒有動。
他的唇觸到了我的腮。我顫抖著說：“你太過分了。”但他卻毫不羞慚。

他把一朵花戴到我頭上。我說：“沒有用的！”可他卻站著沒動。
他取下我項上的花環離去了。我流著淚，問自己的心：“他為什麼不回來？”

你願將你那鮮花紮成的花環戴在我的項上嗎，美麗的人兒？
可你必須明白，我的這個花環是為好多人編的，是為那些一閃而過的人編的，為那些居於蠻荒之地的人編的，為那些住在詩人歌中的人編的。
要求我的心回贈你的，已經太遲了。
曾經，我的生命像一朵待放的花蕾，所有的芬芳都藏在它的花心中。
現在它們都已四散遠揚。
誰知道有什麼魅力，可以將它們重新聚集封存？
我的心不能容我只贈一人，它是給許多人的。

我的愛人，曾經，你的詩人在他的心裏投下了壯麗的史詩。
天啊，我不小心，它打到你叮叮噹噹的腳鐲上，引發了哀愁。
它破裂成歌的碎片，散落在你的腳下。
我那滿載古老戰爭傳說的大車，全部被笑聲的浪濤所傾覆，在淚水的浸泡中沉沒。
你一定要好好補償我的損失，我的愛人。

如果，我對死後不朽名望的追求破滅了，那就讓我在活著的時候永恆吧！

我將不會為我的損失哀痛，也不會責怪於你。

39

整個早晨，我都在試著編一個花環，但花兒總是滑落出來。
你坐在那兒透過窺探的眼角偷偷地審視著我。

問問這對黑亮頑皮的眼睛，這是誰的錯。
我想唱一支歌，卻唱不出來。

一抹偷偷的微笑顫抖在你的雙唇上，問問它我失敗的緣由吧！
讓我微笑的雙唇發一個誓，證明我的歌聲怎樣迷失在沈默裏，像沉醉在蓮花裏的蜜蜂。

天黑了，花兒該收攏起她們的花瓣了。
請容許我坐在你旁邊，吩咐我的雙唇去做那在沉靜中和在幽暗的星光中可做的事情吧！

40

我來與你告別時，一個疑惑的微笑在你眼中閃過。
我這樣做的次數太多了，你會認為我很快又會回來。
說實話吧，我心中也有同樣的懷疑。

因為，春天去了總會再來；月兒缺了總會再圓；花兒謝了還會在枝頭重綻紅顏，一年又一年。我與你道別，很可能只是為了再回到你身邊。
但是，把這幻影保留一刻吧；不要粗魯匆忙地把它趕走。
當我說，我要永遠離開你，你就把它當做是真的吧，讓淚水的迷霧暫時加重你眼眶的黑邊。
當我再次回來時，隨你怎樣狡猾地去微笑吧！

41

我渴望著對你說出內心最深處的話語；可我不敢，怕你嘲笑我。
因此，我嘲笑自己，在戲謔中把秘密摔碎。
我把自己的痛苦輕描淡寫，因為我害怕你會這樣做。

我渴望著告訴你最真實的話語；可我不敢，怕你不信。
因此，我用謊言偽裝它們，講著心中相反的意思。
我讓自己的痛苦顯得可笑，因為我害怕你這樣做。

我渴望著用最珍貴的詞語來形容你；可我不敢，怕得不到相應的回報。
因此，我給了你刻薄的綽號，以誇耀我冷酷的力量。
我傷害你，因為我害怕你永遠不知道痛苦。

我渴望著默默地坐在你身旁；可我不敢，怕心兒會跳到唇上。
所以我輕鬆地東拉西扯，把心藏在話語後面。
我粗暴地對待自己的痛苦，因為我害怕你會這樣做。

我渴望著從你身邊走開；可我不敢，怕我的怯懦會被你發現。
所以我高高地昂起頭，滿不在乎地走到你面前。
你眼中頻頻射來的錐刺讓我的痛苦永遠鮮潤。

42

哦，瘋狂的，雄壯的醉漢；
如果你踢開自己的大門，在眾人面前裝瘋賣傻；
如果你在夜間傾空包裹，對謹慎不屑地彈起響指；
如果你走上荒誕的道路，與無益的東西糾纏嬉戲；不去理會韻律與道理；
如果你在風暴前扯起風帆，擊斷船槳，
那我就會跟隨你，夥伴，一起醉酒，一起墮落。

我曾在沉穩明智的鄰居間虛度年華。
冗雜的知識染白了我的頭髮，紛繁的觀察令我兩眼昏花。
多年來我把零星瑣碎的物什積攢。
把它們碾碎，在上面跳舞，讓它們隨風飄散。
因為我知道，酩酊大醉並滑向墮落才是最高智慧。

讓一切扭曲的顧慮消亡吧，讓我絕望地迷路吧！
讓一股旋風捲來，將我同我的鐵錨一起掃走。
知名的人、工人、有用的人和聰明的人充斥著這個世界。
有些人從容地領頭帶隊，有些人體面地尾隨其後。
讓他們幸福成功，讓我們呆傻無用。
因為我知道，酩酊大醉並滑向墮落才是所有工作的終結。

我發誓，此刻，我把所有的欲求都讓給謙謙君子。
我放棄我學識的驕傲與是非的判斷。
我將打碎記憶的陶罐，揮灑最後一顆淚滴。
我將在紅果酒的泡沫中沐浴，並用它照亮我的歡笑。
我將把文明與沉靜的徽章撕成碎片。
我將發誓做一個無用之人，酩酊大醉，滑向墮落。

43

不，我的朋友，我將永不會做一個苦行僧，隨你怎麼說吧！
我將永不會做一個苦行僧，如果她不和我一同去受戒。
這是我堅定的決心，如果我找不到一處陰涼的寺廟和一個懺悔的伴
侶，我將永不去做一個苦行僧。
不，朋友，我將永不離開我的爐灶與家庭，去密林隱退，
如果在森林中沒有歡笑的迴盪；如果沒有鬱金香的披風在風中飄揚；
如果寂靜不會因輕柔的耳語倍顯寂靜。
我將永不會去做一個苦行僧。

44

尊敬的長者，請寬恕這對罪人吧！今天，春風狂野地旋舞，捲走了塵土和枯葉，你的教誨也隨之消散。

神父啊，不要說生命是一場虛空。
因為我們曾一度與死亡休戰，在那短暫的芬芳的日子裏，我倆曾得到永生。
即使國王的軍隊兇猛地來把我們追捕，我們會悲哀地搖著頭說，兄弟們啊，你們打擾了我們。

如果你們一定要玩這聒噪的遊戲，就到別處去敲擊你們的武器吧！
因為我們剛在這轉瞬即逝的時光中得到了永生。
如果友善的人們過來把我們圍攏，我們會謙恭地對他們鞠躬施禮說，這莫大的榮幸令我們慚愧。我們居住的無限天空中沒有多大的空間。因為春日裏繁花盛開，蜜蜂忙碌的翅膀你推我擠。我們那小小的天堂，只住著我們兩個永生的人，實在狹小得可笑。

45

對那些定要離開的賓客，求上帝讓他們快走，掃掉他們的一切足跡。
把那些從容的，單純的，親近的，微笑著擁入你懷中。
今天是那些不知自己死期的幻影的節日。
讓你的笑聲只作為無意義的歡樂，像瀲瀲的波光。
讓你的生命在時光的邊緣輕輕起舞，像葉尖上的露珠。
在你的琴弦上彈出斷續不定的節奏吧！

46

你離我而去，踏上自己的路途。
我想我將為你悲傷，還會在我心中用金色的歌鑄成你孤獨的形象。
可是，唉，我不幸的運氣啊，時光多麼短暫。
青春一年年消逝；春日飄忽短暫；脆弱的花兒無緣由地凋謝，聰明的人警告我，生命只是荷葉上的一滴露珠。

我該不該忽視這一切，凝望那個人離我而去的背影？

那將是粗魯的，愚蠢的，因為時間短暫。

那麼，來吧，我那伴著急促腳步的雨夜；笑吧，我的金秋；來吧，沒心沒肺的四月，四處拋擲你的親吻吧！

你來吧，還有你，也有你！

我心愛的人們，你們知道我們是凡人。為那把心帶走了的人兒心碎，明智嗎？因為時光短暫。

坐在角落裏沉思，用韻律寫出佔有我全部世界的你們，這有多甜美。

緊抱著自己的悲痛，決心不去接受撫慰，這有多勇敢。

但是，一張清新的面龐在我門上窺望，抬眼看向我的眼睛。

我只能拭去淚水，改變我歌聲的曲調。

因為時光短暫。

47

如果你願意這樣，我就停止歌唱。

如果它讓你的心兒激盪，我就把目光從你臉上移開。

如果在你走路時會驚嚇到你，我就移開腳步走別的路。

如果在你編花環時會讓你慌亂，我就避開你偏僻的花園。

如果會讓水花肆意飛濺，我就不會沿你的堤岸划船。

48

把我從你甜蜜的束縛中釋放出來吧，我的愛人！不再要這親吻的酒。

濃香的煙霧窒息了我的心。

打開門，給晨光讓出空間。

我迷失在你當中，被你重重疊疊的愛撫包圍。

把我從你的魔咒中釋放出來吧，把男子氣概交還於我，好讓我把自由的心奉獻給你。

49

我拉起她的手，把她緊抱在胸前。

我試圖用她的愛填滿我的懷抱，用親吻劫奪她甜蜜的微笑，用眼睛吧飲她深黑的窺掃。

　　啊，可是，它在哪兒？誰能從天空淬出蔚藍？
　　我試圖抓住美麗，它躲開我，只留下軀殼在我手裏。
　　我因失落而困乏地返回來。
　　軀殼怎能觸到那僅有靈魂才能觸及的花朵？

50

　　愛，我的心日夜都渴望著與你相見——那吞沒一切的死亡般的相見。
　　像風暴一樣把我捲走吧；把我的一切都帶走；劈開我的睡眠，搶走我的睡夢。把我的世界從我身邊劫走。

　　在那毀滅中，在那靈魂的赤裸中，讓我們在美麗中融為一體
　　天啊，我徒然的渴望！除了在你這裏，哪裡還有這能融為一體的希望，我的上帝？

51

　　那麼，唱完最後一支歌，就讓我們離開吧！
　　當夜已不再，就忘記這夜晚吧！
　　我曾試圖把誰擁在臂彎？夢永遠不可能被俘獲。
　　我渴求的雙手把虛空壓在心頭，它卻碾傷了我的胸口。

52

　　燈為什麼熄了？
　　我用斗篷遮住，給它擋風，因此燈就熄了。
　　花兒為什麼謝了？
　　我懷著焦灼的愛，把它貼在心上，因此花兒就謝了。
　　泉為什麼枯了？
　　我用堤壩把它攔起，想為我所用，因此泉就枯了。
　　琴弦為什麼斷了？
　　我強撥出一個它力不能勝的音符，因此琴弦就斷了。

53

你為何要把我看得羞怯？
我不是來乞討的。
我站在你庭院外花園的籬笆前，只是為了打發時光。
你為何要把我看得羞怯？

我未從你園中採走一朵玫瑰，未摘一枚果實。
在路邊那每個陌生的旅人都可以站立的陰涼下，我只是謙卑地歇一歇
腳。
我未採走一朵玫瑰。
是的，我的腳累了，大雨也瓢潑而下。
風在晃動的竹林間呼嘯。
雲掠過天空，像敗軍潰逃。
我的腳累了。

我不知道你是如何看待我，或是你在門口等著誰。
閃電迷眩了你守望的眼睛。
我如何能知道，你是否可看見那站在黑暗中的我？
我不知道你是如何看待我。
一天結束了，雨暫時停了。
我離開了你花園盡頭的樹蔭和那草地上的坐位。
天色已暗；關上你的門吧；我走我的路。
一天結束了。

你提著籃子急匆匆地要到哪兒去，夜這麼深了，集市也結束了？
他們都挑著擔子回家了；月亮在村子樹林的上空窺望著。

呼喚渡船的回音掠過灰暗的水面，飄向遠方野鴨酣眠的沼澤。
你提著籃子急匆匆地要到哪兒去，集市都結束了？
睡眠把她的手指撫在大地的雙眼上。

鴉巢漸漸沉寂，竹葉的呢喃也默然無聲。

勞作者們從田裏回到家中，在庭院裏鋪開席子。
你提著籃子急匆匆地要到哪兒去，集市都結束了？

55

你離開時是正午時分。
烈日當空。
你離開時，我已完成了工作，獨自坐在陽臺上。
穿過多片遠野的氣息，一陣陣風斷斷續續地吹來。
樹蔭下，鴿子們不知疲倦地咕咕叫著，一隻蜜蜂在我房中盤旋著，嗡嗡聲傳達著許多遠野的消息。

村莊在中午的炎熱裏熟睡。道路橫在那裏，空寂無人。
樹葉沙沙，忽起忽落。
當村莊在中午的炎熱裏熟睡，我凝視著天空，把一個我知道的名字織進了蔚藍。
我忘記束起我的頭髮。慵懶的微風在我腮上與它一起嬉鬧。
小河在陰涼的河岸下平靜地流淌著。
懶洋洋的白雲一動不動。
我忘記束起我的頭髮。
你離開時是正午時分。
路上的灰塵灼熱了，原野喘息著。
鴿子們在濃密的枝葉間咕咕叫著。
當你離開時，我正獨自在陽臺上。

56

我是那眾多忙於日常瑣碎家務的女人中的一個。
為何你單單選擇我，把我從日常生活的涼爽蔭蔽中帶出？
尚未表達的愛是聖潔的。它像寶石一般隱藏在朦朧的心中閃閃發光。
在苛刻的日光中，它暗淡得那麼可憐。

啊，你打碎了我的心蓋，把我顫抖的愛拖到空曠的地方，永遠摧毀了它藏身的幽暗巢穴的一角。

別的女人永遠和從前一樣。

沒有人窺探到她們的內心深處，她們自己也不知道自己的秘密。

她們輕輕地微笑、哭泣、閒談、勞作。她們每天去教堂，點亮她們的燈，去河邊打水。

我希望能從無遮掩的顫抖的羞愧中把我的愛救起，但你轉開了你的臉。

是的，你的路在你面前延伸，但你卻切斷了我的歸路，把我赤裸裸地留在這無瞼的、日夜瞪視的世界前。

57

啊，世界，我採了你的花！

我把它貼在胸前，花刺刺痛了我。

日光退卻，天色暗淡，我發現花已凋謝，但疼痛依舊。

啊，世界，更多的花湧到你懷裏，帶著芳香，帶著驕傲！

但我採花的時間已經過去，暗夜悠長，我沒有了我的玫瑰，只有疼痛依舊。

58

清晨的花園中，一個盲女獻給我一串用荷葉蓋著的花環。

我把它戴在頸上，淚水湧上了我的雙眼。

我吻了她，說："你簡直和花一樣盲目。

你自己不知道你的禮物有多麼美麗。"

59

女人啊，你不僅僅是上帝之手的創作，也是人手的創作；

他們永遠從心中用美來裝扮你。

詩人用比喻的金絲線為你織網；

畫家把永新的不朽贈給你的形體。

大海拿出珍珠，寶礦獻上黃金，夏天的花園奉上鮮花，來把你裝扮，把你環繞，讓你更加貴為珍寶。

人們心中的渴望，在你的青春上灑下它的輝煌。

你半是女人，半是夢幻。

60

在生命的奔騰怒吼中，噢，美麗被刻進石頭，你站著，靜默無言，孤獨漠然。

偉大的時間迷戀地坐在你腳邊低語：

"說吧，對我說吧，我的愛人；說吧，我的新娘！"

但是，你的話語在石頭中封閉，噢，凝固的美麗！

61

安靜吧，我的心，讓這離別的時刻甜美動人吧！

讓它不是死亡而是圓滿。

讓愛融進記憶，讓痛苦融進歌曲。

讓穿越天空的飛翔以歸巢斂翼作為結局

讓你雙手的最後接觸，如晚花般溫柔。

靜默地站著，啊，美麗的結局，在靜默中說出你最後的言辭。

我對你鞠躬，舉起我的燈，照亮途中的你。

62

在幽暗的夢境的小路上，我追尋著我前世的愛戀。

她的房子站立在荒涼的路盡頭。

夜晚的微風中，她寵愛的孔雀在架子上昏睡，鴿子在它們的角落裏沈默著。

她把燈安放在門口，站在我面前。

她抬起大眼睛望著我的臉，無聲地問："你好嗎，我的朋友？"

我試圖去回答，可我們的語言卻已迷失和忘卻。

我想了又想，卻怎麼也想不起我們的名字。

淚水在她眼中閃爍。她向我抬起右手。我拉著它默默地站著。

我們的燈在夜晚的微風中搖曳著熄滅了。

63

旅人，你必須走嗎？

夜靜靜的，黑暗在森林上酣睡。

我們陽臺上燈光明亮，花兒全都新鮮嬌豔，年輕的眼睛仍然清醒著。

你離開的時間到了嗎？

旅人，你必須走嗎？

我們不曾用懇求的手臂束縛你的雙足。

你的門開了。你的馬也已備好鞍轡站在門口。

如果試圖擋住你的去路，那只能用我們的歌聲。

如果確實想把你挽留，那只能用我們的眼睛。

旅人，我們無助地想把你留下。我們有的只是淚水。

是怎樣不熄的火光在你眼中閃耀？

是怎樣不平的狂熱在你血液中奔騰？

是怎樣的呼喚在黑暗中把你催促？

在天上的星星中，你讀到的是怎樣可怕的咒語，帶著封存的秘密消息，在黑夜靜默而怪異地進入你的心中時？

如果你不在意歡鬧的聚會，如果你必須擁有寧靜，疲憊的心啊，我們就熄滅燈火，止息琴聲。

我們將靜靜地坐在樹葉沙沙的黑暗裏，疲倦的月亮將在你窗上灑下慘白的光輝。

旅人啊，是怎樣無眠的精靈從午夜的心中把你觸摸？

64

我在路上灼熱的塵埃中度過我的白晝。

現在，在夜晚的涼爽中，我敲響一家客棧的門。它已被廢棄了，淪為一片廢墟。

一棵冷酷的菩提樹從牆垣的裂隙裏伸出饑餓的爪根。

曾經，有路人來這裏清洗他們疲累的雙足。

在新月暗淡的清光中，他們在院裏鋪開席子，坐下談論陌生的國度。

清晨，他們精神煥發，鳥兒讓他們歡悅，花兒友好地在路邊向他們點著頭。

可當我來到這裏時，並沒有點燃的燈在等待我。

許多被遺忘的夜燈留下的薰黑的煙垢，從牆上瞪視著我，像盲人的眼睛。

螢火蟲飛進乾涸的池塘附近的草叢裏閃爍，竹影在青草蔓生的小徑上搖曳。

我是白晝盡頭的沒有主人的孤客。

漫漫長夜落在我的面前，我累了。

65

那又是你的呼喚嗎？

夜晚來臨了。疲憊緊緊箍著我，像求愛的手臂。

你在呼喚我嗎？

我已把我所有的白晝都給了你，殘忍的情人啊，難道你一定要把我的夜晚也掠走？

萬事終將有個盡頭，黑暗中的幽靜是屬於一個人的。

難道你的聲音一定要穿透它來刺激我嗎？

你門前的夜晚沒有催眠曲嗎？

那生著靜默之翼的星星從未爬上過你無情之塔的天宇嗎？

你園中的花朵從未在溫柔的死亡中零落塵埃嗎？

難道你一定要呼喚我嗎，你這不安分的人？

那就讓愛的憂傷的眼睛，徒然地因凝望而哭泣。

讓燈在孤寂的房中燃燒。

讓渡船把疲憊的勞工載回家。

我把夢幻丟在身後，來奔向你的呼喚。

66

一個流浪的瘋人在尋找點金石。他褐色的頭髮蓬亂糾結、黏滿泥土，身形疲憊成一團影子，緊閉的雙唇，像緊閉的心扉，燒灼的眼睛像在尋找伴侶的螢火蟲的燈火。

他面前是咆哮著的無邊海洋。

喧鬧的海浪不停地談論著那隱藏的珍寶，嘲笑著那不知曉它們意義的無知之徒。

也許他現在已不存希望，但他不會休息，因為搜尋已經成為他的生命——

就像那大海，永遠向天空伸舉著手臂，乞求著那不可企及的東西——

就像那星辰，循環往復，追尋的卻是一個永遠無法達到的目標——

瘋人褐色的頭髮蓬亂糾結，黏滿泥塵，他仍然在孤寂的海岸上遊蕩，搜尋著他的點金石。

一天，一個村童走過來，問："告訴我，你腰間的金鏈從哪裡來？"

瘋人驚跳起來——那曾經的鐵鏈卻已變成黃金；這不是一場夢，但他不知變化是何時發生的。

他狂亂地敲擊著自己的前額——哪裡，啊，在哪裡不覺間竟成功了？

拾起石頭碰碰鏈子，再把它們扔掉，看也不看是否起了變化；就這樣，已養成了習慣，瘋人找到了，又失去了點金石。

太陽在西方沉下去，天空一片金黃。

瘋人尋著自己的腳印返回，重新尋找丟失的珍寶。他的力量耗盡了，身體彎曲了，他的心零落在塵土中，像一棵連根拔起的樹。

67

雖然夜晚緩步來臨，宣告一切歌聲的停息；
雖然你的夥伴都去休息，你也疲倦了；

雖然恐怖在黑暗中彌漫，天空的臉也被遮掩；
可是，鳥兒，我的鳥兒啊，請聽我說，不要收攏你的翅膀。

這不是森林中樹葉的陰影，這是大海像黑暗的蛇一樣在漲溢。
這不是盛開的茉莉的舞蹈，這是泡沫在閃耀。
啊，哪裡是明媚青碧的海岸，哪裡是你的巢穴？
可是，鳥兒，我的鳥兒啊，請聽我說，不要收攏你的翅膀。

孤獨的夜晚躺在你的小路上，黎明在幽暗的群山後酣眠。
星辰屏住呼吸計數著時光，柔弱的月兒在深深的夜色中遊蕩。
可是，鳥兒，我的鳥兒啊，請聽我說，不要收攏你的翅膀。

對於你，這裏沒有希望，沒有恐懼。
這裏沒有言辭，沒有私語，沒有哭喊。
這裏沒有家，沒有休息的床。
這裏只有你自己的一雙翅膀和一片茫茫無徑的天空。
可是，鳥兒，我的鳥兒啊，請聽我說，不要收起你的翅膀。

68

沒有誰會永遠活著，兄弟，也沒有什麼會長久存在。把這記在心中，
高興起來吧！

我們的生命不是陳舊的負擔，我們的道路不是漫長的旅程。
一個孤單的詩人，不必去唱古老的歌謠。
鮮花枯了謝了；但戴花的人不必為她永遠哀傷。
兄弟，把這記在心中，高興起來吧！

要把完美編進樂曲，必須有一個完整的休止符。
為了沉浸於輝煌的金影，生命向它的日落滑入。
要把愛從遊戲中召回，必須啜飲悲痛，並降生於淚水的天堂。
兄弟，把這記在心中，高興起來吧！

我們匆匆採集花朵，惟恐她們被路過的風兒掠走。

攫取那稍縱即逝的熱吻，讓我們熱血沸騰，目光炯炯。

我們的生命是熱切的，我們的渴望是強烈的，因為時間鳴奏著離別之鐘。

兄弟，把這記在心中，高興起來吧！

我們沒有時間去握緊一件東西，把它碾碎後再棄於塵土中。

時光匆匆走過，把夢幻都藏在裙底。

我們的生命短暫，只有幾天分給愛戀。

如果是為了工作和勞役，生命就會變得無盡漫長。

兄弟，把這記在心中，高興起來吧！

美對我們是甜蜜的，因為她與我們的生命伴著同樣短暫的旋律起舞。

知識對我們是寶貴的，因為我們永遠沒有時間學完它。

所有的一切都在永久的天堂裏完成了。

而大地上幻想的花朵，卻被死亡保存得清新鮮豔。

兄弟，把這記在心中，高興起來吧！

69

我獵取那隻金鹿。

你也許會笑，我的朋友，但是我要追趕那躲避我的幻想。

我奔越過山岡峽谷，我穿行過無名的國土，因為我在獵取那隻金鹿。

你來到集市採購，又滿載著貨物返回家中，但我不知何時何地那無家之風的魔咒觸到了我。

我心中沒有牽掛；一切的所有都被我遠遠地拋在身後。

我奔越過山岡峽谷，我穿行過無名的國土，因為我在獵取那隻金鹿。

70

記得在我兒時，有一天，我曾把一隻小紙船放進溝渠裏。

那是七月一個潮濕的日子，我獨自高興地沉浸在自己的遊戲中。

我把我的紙船放進了溝渠裏。
忽然，烏雲密佈，狂風怒吼，暴雨傾注。
渾濁的流水奔湧翻騰，淹沒了我的紙船。

我心裏難過地想，暴風雨是故意來破壞我的歡樂的；它的一切惡意都是針對我的。

今天，七月的陰天是漫長的，我在回想著生命中自己失敗了的一切遊戲。
我責怪命運對我百般嘲弄，忽然，我想起了那只沉在溝渠裏的紙船。

71

白天還沒有結束，集市也沒有散去——那河岸上的集市。
我曾擔心時間被耗盡，而最後一分錢也失去了。
但是，沒有，我的兄弟，我還剩下一些東西。我的命運沒有把我的一切都騙走。

買與賣都結束了。
雙方的稅款都已交齊，我該回家了。
但是，守門人，你要你的通行費嗎？
別害怕，我還剩下一些東西。我的命運沒有把我的一切都騙走。

風中的間歇預示著暴雨，西方低垂的陰雲預報著噩兆。
安靜的水面等待著狂風。
在黑夜襲擊我之前，趕緊渡河。

哦，擺渡者，你要你的酬金嗎！
是的，兄弟，我還剩下一些東西。我的命運沒有把我的一切都騙走。

路邊的樹下坐著一個乞丐。天哪，他懷著膽怯的希望正看著我的臉！

他認為我帶著一天的利潤，非常富有。

是的，兄弟，我還剩下一些東西。我的命運沒有把我的一切都騙走。

夜色變濃了，道路很孤寂。螢火蟲在枝葉間閃爍。

是誰偷偷地邁著腳步跟著我？

啊，我知道了，你是想搶劫我所有的收穫。我不會讓你失望的！

因為我還剩下一些東西，我的命運沒有把我的一切都騙走。

半夜，我到了家，兩手空空。

你正在門口等著我，滿眼焦急，沒有睡意，沈默著。

你像一隻膽怯的鳥，帶著熱烈的愛飛向我的懷抱。

唉，唉，我的上帝，還剩這麼多啊。我的命運沒有把我的一切都騙走。

72

經過幾天的辛苦勞作，我建起了一座廟宇。它沒有門，也沒有窗，牆壁用厚重的巨石層層疊起。

我忘記了其他的一切，我避開整個世界，我凝神注視著被我放在神龕裏的聖像。

裏面總是黑夜，亮著芳香的油燈。

連綿而薰香的煙，把我的心纏繞在它厚重的旋渦裏。

我沒有睡意，在牆上用迷亂的線條刻畫出一些奇異的形象——生翼的馬兒，人面的花兒，肢體如蛇的女子。

任何地方都沒有留下一條通道，讓鳥兒的歌聲、樹葉的呢喃、村鎮的喧鬧嘈雜得以通過。

黑暗的穹頂上，惟一的聲響是我唱經的回音。

我的思想變得敏銳而篤定，像犀利的光焰，我的感覺在狂喜中陶醉。

我不知道時間怎樣流逝，直到巨雷劈開這座廟宇，一陣巨痛刺透我的心。

燈火看起來蒼白而怯懦；牆上的刻痕像被封鎖的夢，在光線裏眼神迷離地呆望著，好像要把自己藏起來。

我看著神龕裏的聖像。我看到它在上帝鮮活的觸摸下，微笑了，活了。

被我囚禁的黑夜，展開翅膀飛走了。

73

無限的財富不屬於你，我堅忍的、微黑的塵埃之母！
你奔波著去填滿你的孩子的嘴，但食物卻很少。
你給我們的歡樂贈禮，從來就不完美。
你為孩子們做的玩具是脆弱的。
你不能全部滿足我們迫切的願望，但我就因此而背棄你嗎？
你含著痛苦陰影的微笑，在我眼中是那樣甜美。
你那永無止境的愛，對我的心如此珍貴。

從你的乳房中，你哺育我們，用的是生命，而非永恆，因此你的眼睛永遠清醒。

世世代代，你用色彩與歌聲工作，儘管你的天堂尚未建起，僅有一些哀傷的痕跡。

你美的創造蒙著淚水的迷霧。

我將把我的歌傾入你靜默的心裏，灌注我的愛到你的愛之中。
我將用勞作來膜拜你。
我見過你和藹的臉，我愛你悲苦的塵土，大地母親。

74

在世界的觀眾大廳裏，一片單純的草葉，與陽光、午夜的星辰一起，坐在同一條地毯上。

這樣，我的歌，在世界的心房裏，與雲彩、森林的音樂一起，分享著它們的席位。

但是，你這富人，在太陽歡樂的金光中，在月亮沉思的柔光中，這些單純的輝煌，你的財富卻不佔分毫。

擁抱萬物的天空灑下的祝福，並沒有落到它身上。

當死神出現時，它會蒼白枯萎，碎為泥塵。

75

午夜，那個想做苦行僧的人宣告：

"該捨家去求神了。啊，是誰讓我在這裏迷戀這麼久呢？"

上帝低語道："我。"可這人沒有去聽。

他的妻子懷中抱著熟睡的嬰兒，安寧地睡在床的一邊。

那人說："你是誰，愚弄了我這麼久？"

那聲音又說道："他們是上帝。"可是他沒有聽到。

孩子在睡夢中哭了，靠向母親。

上帝命令道："停下來吧，傻瓜，不要離開你的家。"可是他仍然沒有聽到。

上帝歎了口氣，抱怨道："我的僕人為什麼把我拋棄，卻又四處找尋我呢？"

76

集市在寺廟前進行著。雨一大早就開始下了，白天就要結束了。

比人群所有的喜悅更明麗的，是一個小姑娘燦爛的微笑，她花一分錢買到一個棕櫚葉哨子。

清脆歡樂的哨聲飄蕩在一切的笑聲與喧嘩之上。

不見盡頭的人群熙熙攘攘。道路泥濘，河水流溢，田地浸潤在連續不斷的雨水裏。

比人群一切的煩惱更惱人的，是一個小男孩的憂愁——他想買根彩棒，卻沒有一分錢。

他渴求的眼睛盯著那家小店，使整個成人的廟會如此令人同情。

77

村西來的工人和他的妻子正忙著為磚窯挖土。

他們的小女兒去了河邊的渡頭；在那兒無休無止地洗著瓢瓢碗碗。

她的小弟弟，剃著光頭，赤裸的身體被曬得黑黑的，黏滿泥漿，緊緊地跟著她，聽話地在高高的河岸上耐心等待。

她頭頂著滿滿的水罐，左手拎著亮閃閃的銅壺，右手拉著小弟弟，向家中走去——她是媽媽小小的僕人，家務的重擔讓她那麼莊嚴。

一天，我看見這個光屁股的小男孩伸著小腿坐著。

在水中，他姐姐坐著用一把泥轉來轉去地擦洗著水壺。

附近，一隻毛茸茸的小羊羔站在河岸上吃著草。

它走近小男孩坐著的地方，忽然扯開嗓子叫了起來，小孩兒被嚇得哭喊起來。

姐姐放下手中清洗的東西，跑上岸來。

她一手抱起弟弟，一手抱起小羊，把她的愛撫分成兩半；人的孩子和動物的孩子在深深的愛中連在了一起。

78

那是在五月裏。悶熱的中午似乎不盡地悠長。熱浪中，乾燥的大地乾渴地打著哈欠。

此時，我聽到一個聲音在河邊叫道："過來吧，親愛的！"

我合上書，打開窗戶，向外望去。

我看見一頭大水牛，身上黏著泥漿，站在小河附近，眼睛裏是寧靜與忍耐；一個年輕人，站在沒膝深的水裏，呼喚它去洗澡。

我高興地笑了，心裏一陣甜蜜的感動。

79

我經常想，人和動物之間沒有語言，那他們相通相知的界限藏在哪裡。

在一個遙遠的創世紀的清晨，他們的心穿過怎樣的太初樂園的清淺小徑，互相拜望。

他們持續不變的足跡並未被抹掉，儘管他們的血緣關係早已被忘卻。

而突然間，在某陣無言的樂聲中，那模糊的記憶甦醒了，野獸用溫柔的信任凝視著人的臉龐，人也用愉悅的友愛俯視著它的眼睛。

好像兩個朋友戴著面具相逢，透過偽裝，他們隱約地認識了彼此。

你秋波一瞥，便可以從詩人的豎琴上掠走所有歌曲的財富，美麗的女人！

然而，你卻無心聽他們讚揚，因此我來讚頌你。

你能讓世界上最高傲的頭在你腳下伏倒。

但是，被你所崇拜、所鍾愛的是沒有名望的人，因此我崇拜你。

你雙臂的完美觸摸為帝王的輝煌增添榮耀。

但你卻用它們拂去塵土，拭淨你卑微的家，因此我對你滿含敬畏。

你為何在我耳畔這麼輕地細語，死神啊，我的死神？

當花兒在夜晚凋零，牛羊回到畜欄，你悄悄地來到我身邊，訴說著我聽不懂的語言。

這難道就是你向我求愛，贏得我心的方式嗎？用你那昏睡的低語和冷酷的接吻？死神啊，死神！

我們的婚禮難道不會有盛大的儀式嗎？

你難道不在你茶色的鬈髮上帶一個花環嗎？

難道沒有人在你面前打著旗幟？難道夜晚不會被你火炬一般的紅光燒亮嗎？死神啊，死神！

吹著你的海螺來吧，在無眠的夜晚來吧！

給我穿上紅豔的披風，抓緊我的手，把我帶走吧！在我門口備好你的車，讓你的馬兒們儘管焦躁地嘶鳴吧！

揭開我的面紗，驕傲地看我的臉吧，死神啊，我的死神！

82

我和我的新娘，今晚要做死亡遊戲。

夜色漆黑，天空的雲起伏變幻，大海的波濤翻騰咆哮。

我和我的新娘，離開睡夢的暖榻，撞開門，衝了出去。

我們坐在鞦韆上，狂暴的風從我們身後狠命地一推。

我的新娘飛了起來，伴著恐懼與驚喜，她顫抖著，緊緊依偎在我胸前。

我溫柔地安撫她很久。

我給她鋪開花床，我關上房門，給她的眼睛擋開粗魯的光。

我輕吻她的雙唇，溫柔地在她耳畔低語，直到她酥軟地半醒半睡。

她迷失在朦朧甜蜜而無邊無垠的輕霧裏。

她對我的愛撫沒有回應，我的歌聲不能把她喚醒。

今晚來的是，曠野中風暴的呼喚。

我的新娘顫抖著飛了起來，她緊緊抓著我的手，出來了。

她的頭髮在風中飛舞，她的輕紗在臉上飄揚，她的花環在胸前簌簌作響。

死亡的推力把她推進了生命。

我和我的新娘，面對著面，心貼著心。

83

她住在玉米田邊的山坡上，附近是一眼清泉，歡笑的泉水流過古松莊嚴的樹影。女人會來這兒注滿她們的水罐，旅人們會來這兒休息談話。她日日伴這泉水叮咚的韻律勞動、做夢。

一天晚上，一個陌生人從白雲遮掩的山峰上走下。他的頭髮像昏睡的蛇一般亂紛紛地糾纏著。我們驚奇地問："你是誰？"他沒回答，只是坐在喧鬧的水邊，默默地注視著她的茅草屋。我們恐懼得心裏亂跳，天黑時我們都回家去了。

第二天一早，女人們來到雪松旁的泉邊汲水，她們發現她的房門開著，沒有了她的聲音，她的笑臉去了哪裡？空空的水罐躺在地板上，牆角她的燈等早已燃盡熄滅。沒有人知道她天亮前逃到哪裡去了——陌生人也不見了。

五月，陽光變得強烈起來，積雪融化了，我們坐在泉邊哭泣。我們心中充滿懷疑："她去的那片土地上有泉水嗎，這些炎熱乾渴的日子裏，她到哪兒去注滿她的水罐啊？"我們沮喪地問著彼此，"我們生活的這些山外邊，還有土地嗎？"

那是一個夏天的夜晚，微風從南方吹來，我坐在她荒廢了的屋子裏，那盞熄滅了的燈仍然一動不動地站在那裏。就在那時，猛然間，群山在我眼前消失了，像窗簾被拉開一樣。"啊，那來的，不正是她嗎！你好嗎，我的孩子？你幸福嗎？可是，你在這無遮無攔的天宇下，在哪裡安身呢？還有，天哪，我們的清泉不在那裏，不能緩解你的乾渴。"

"那裏還是同一片天空，"她說，"只是沒了群山的環繞——還是同一股清泉，流成了江河——還是同一片土地，闊展成平川。"

"真是樣樣齊全，"我歎道，"只是沒有我們。"

她悲傷地笑了笑，說："你們在我心裏呢。"我醒來了，夜色中，聽著泉水丁東，聽著雪松沙沙作響。

84

黃綠相間的稻田上，掠過秋日的雲影，後面緊跟著狂追的太陽。

蜜蜂忘記吮吸花蜜，它們愚笨地盤旋著，嗡嗡地唱著，陶醉於光明中。

鴨子們在河中的小島上，歡快地呱呱喧鬧著，無緣無故。

誰都不要回家吧，兄弟們，今天早上，誰都不要去工作。

讓我們用暴風雨佔領藍天，讓我們飛奔著搶奪空間。

笑聲在空氣裏遊蕩，像洪水衝擊著泡沫。

兄弟們，讓我們在這空虛無聊的歌聲中揮霍我們的清晨吧！

85

你是誰，讀者，百年之後讀著我的詩？

我無法從春天的財富裏為你送去一朵鮮花，從遠方的雲裏為你送去一縷金霞。

打開門向四周看看。

從你繁花盛開的園中採集百年前消失了的鮮花的芬芳記憶。

在你心的歡樂裏，願你感受吟唱春日清晨的鮮活的喜悅，讓歡快的聲音穿越一百年的時光。

情人的禮物

Love's Gifts

The road is my wedded companion. She speaks to me under my feet all day.
She sings to my dreams all night.
My meeting with her had no beginning. it begins endlessly at each daybreak,
renewing its summer in kiss is the first kiss to me. The road and I are lovers. I
change my dress for her night after night,
leaving the tattered cumber of the old in the wayside inns when the day dawns.

路是我已婚的伴侶。她整天在我腳下與我說話，
她整夜和著我的睡夢歌唱。
我與她的相會沒有開始，它開始於每一個黎明，無止無盡。
它的夏天總會在鮮花與歌聲中重煥生機，
她每一個清新的吻對於我都是第一次。
我與路是一對情人。我為她夜夜變換著自己的裝束，
黎明時，把那破舊的阻礙
丟在路邊的客棧裏。

來我花園散步吧

來我花園散步吧，我的愛人。
走過熱情的花兒，
她們正把自己推擠進你的視野。
走過她們吧，在某些偶然的快樂前停步，
如同日落的輝煌呈現出的驚奇絢爛，然而，躲開吧！
因為情人的禮物是羞澀的，
它從不說出自己的名字，
它飛掠黑暗，
沿著塵埃灑落一地歡樂的碎片。
或追趕上它，或永遠地錯過它。
但那可被抓住的禮物只是一朵脆弱的花，
或是一盞搖曳顫抖的燈。

她貼近我的心

她貼近我的心，像草地上的鮮花與泥土那般親密；
對於我，她是那麼甜美，像睡眠對於困乏的肢體。
我對她的愛是我全速奔湧的生命，
像秋天洪水氾濫的江河，沒有理智地急流狂奔。
我的一首首歌，含著我的愛，合奏為一曲，
像小溪潺潺細語，用它所有的水流與浪花歌唱。

我的夜晚是孤獨的

我的夜晚是孤獨的，
我讀著一本書，一直讀到心兒枯竭，
我覺得美是一種事物，
被商人用言語裝飾的事物。
我疲倦地合上書，熄滅蠟燭。

房間一下子湧滿了月光。
美麗的精靈，你的光輝流溢天空，
你怎能躲在微弱的燭焰背後？
她的聲音曾平息了大地的心，
令它說不出地寧靜，
而書中幾句空話
怎能像薄霧一樣升起，並把她遮掩？

我將會要求更多

我將會要求更多，
如果我的天空綴滿所有的星辰，
我的世界載滿無數的珍寶；
然而，我將會滿足於
這大地上最小的一個角落，只要她屬於我。

昨夜在花園中

昨夜，在花園中，
我獻給你我青春洋溢的美酒。
你把杯舉到唇邊，
當我揭開你的面紗，
你閉上眼睛，微笑著，
散開你的長髮，
滑落在我的胸前，
你的臉沉靜而甜美。
昨夜，月亮的夢
漫溢了睡眠的世界。
今天，在晨露清爽的一片沉靜中，
你步行著前往神的廟宇，
沐浴過後，一襲白裙，
手中拎著一籃鮮花。

在通往寺廟靜寂的小路上，
在黎明的沉靜中，
我站在一旁的樹蔭下，
心兒屈服了。

書上寫道

人在五十歲時，
必須離開這喧鬧的世界，
到僻靜的森林中去。
可詩人宣稱：
森林中偏僻的寺院
只適合年輕人。
因為那是繁花的誕生之地，
是鳥兒和蜜蜂的盤桓之處；
幽靜的角落在那裏等待著
情人私語的興奮。
那月光
全凝成對瑪臘蒂花兒們的一個吻，
傳遞著它深奧的消息，
但那些理解它的人
卻遠遠不到五十歲。
啊，天哪，青春是稚嫩的，任性的，
因此，只能是
年老的人負責家務，
年輕的人要潛入到森林掩映下的僻靜之所
和宮廷裏嚴格的規矩之中。

傳來了消息

傳來了消息，從我那消逝了的青春時光：
"我在前方五月的顫抖中等候你，

在那兒，微笑為眼淚而成熟，時光伴著未唱出的歌痙攣。"

消息說："到我這兒來吧，越過疲憊的歲月軌跡，
穿過死亡的大門。

因為夢消失了，希望破滅了，
哺育的歲月之果腐爛了，
但我是永恆的真理，
而你將在生命的旅程中
一次又一次遇到我，從一個海岸到另一個海岸。"

垂死的，你留在身後

垂死的，你把你生命中永恆的
巨大悲傷，留在身後；
你把我思想的地平線
染成你離別時日落的色彩，
在大地上留下一道
通往愛之天堂的淚水的軌跡。
用你親愛的雙臂緊緊擁抱
那在我體內姻緣相契、
結為一體的生與死。
我想我能看到，你在陽臺上觀望，
點亮你的燈，
萬物的開端與結局在此相遇。

於是，我的世界穿過你開啟的一道道門——
你把死亡的酒杯舉到我唇邊，
並用你自己的生命把它斟滿。

天堂在哪裡

天堂在哪裡？
你問我，我的孩子，
——聖人告訴我們
它在生與死的界限之外，
卻不隨日與夜的節奏搖擺；
它與塵世無關。

但你的詩人明白
它永恆的渴望是為了時間和空間，
它始終奮力爭取，
要降生到豐饒的塵埃之中。

大海歡快地敲著它的鑼鼓，
花兒們踮起腳尖來親吻你。
因為天堂降生在你身上，
降生在塵埃母親的臂彎中。
天堂找到了，我的孩子，
就在你甜美的身軀內，在你跳動的心房中。

路

路是我已婚的伴侶。
她整天在我腳下與我說話，
她整夜和著我的睡夢歌唱。
我與她的相會沒有開始，
它開始於每一個黎明，無止無盡。
它的夏天總會在鮮花與歌聲中重煥生機，
她每一個清新的吻對於我都是第一次。
我與路是一對情人。
我為她夜夜變換著自己的裝束，

黎明時，把那破舊的阻礙
丟在路邊的客棧裏。

我夢見

我夢見，她坐在我頭邊，
用手指溫柔地摩挲著我的頭髮，
彈奏著撫觸而成的悅耳曲調。

我望著她的臉，強忍住淚水，
直到那未出口的言語之煩惱
像泡沫一樣炸裂我的睡眠。

我坐起來，看見窗外銀河之光，
像一團燃燒著的靜默的世界，
而我懷疑，是否在此刻
她也和著我那樣的韻律，做著一個夢。

有一個旁觀者

有一個旁觀者，坐在我的眼睛後面。
我覺得，他已看到
記憶海岸之外的年代與世界中的東西。
那些已被忘卻了的情景
在青草間閃爍，在葉子上顫抖。
在那漫天無名繁星的黃昏時分，
在新的面紗下
他看到了心愛之人的臉。

因此，他的天空
好像在無數聚散離合的煎熬中疼痛不已，
一種渴望彌漫了這和煦的春風——

一種飽含低語的渴望，低語著那些沒有開始的歲月。

還有你的空間

還有你的空間。
你獨守著那不多的幾束稻米。
我的船非常擁擠，
沉甸甸地載滿了東西，
但我怎能把你趕走？
你年幼的身體弱不禁風；
你的眼角閃著笑意，
你的長袍的顏色一如那浸滿雨水的雲朵。

旅人們將踏上不同的路途，奔向各自的家。
你將在我的船頭停歇片刻，
旅途結束時，沒有人挽留你。

你要去哪裡，
到什麼樣的家，
去存儲你的稻束？

我不會去問你，
但當我收起帆，繫好船
我會坐在夜間遐想，
你要去哪裡，
到什麼樣的家，
去存儲你的稻束？

你的時光

你的時光將滿載關愛，
如果你一定要把心給我。

十字路口，有我的小屋敞開著房門
我心不在焉
因為我歌唱。
我永遠不會去回應它，
如果你一定要把心給我。
如果我此刻和著曲調向你承諾，
如果音樂沈默以後
我太執著地去信守它，
請你一定要原諒我；
因為五月裏定下的法律，
最好在十二月廢除。
不要總是記著它，
如果你一定要把心給我。
當你的眼睛伴著愛歌唱，
當你的聲音在笑聲中迴盪，
我對你問題的回答將無比瘋狂，
事實上並非絕對精確——
要永遠地相信它們
然後再永遠地忘卻它們。

海鴿 文化出版圖書有限公司
Seadove Publishing Company Ltd.

青春講義 119

泰戈爾的詩

作者	羅賓德拉納德・泰戈爾
譯者	徐翰林
美術構成	騾賴耙工作室
封面設計	斐類設計工作室
發行人	羅清維
企畫執行	林義傑、張緯倫
責任行政	陳淑貞
出版	海鴿文化出版圖書有限公司
出版登記	行政院新聞局局版北市業字第780號
發行部	台北市信義區林口街54-4號1樓
電話	02-27273008
傳真	02-27270603
e - mail	seadove.book@msa.hinet.net
總經銷	創智文化有限公司
住址	新北市土城區忠承路89號6樓
電話	02-22683489
傳真	02-22696560
網址	www.booknews.com.tw
香港總經銷	和平圖書有限公司
住址	香港柴灣嘉業街12號百樂門大廈17樓
電話	（852）2804-6687
傳真	（852）2804-6409
出版日期	2005年08月01日　一版一刷
	2022年08月01日　增訂五版五刷
定價	220元
郵政劃撥	18989626　戶名：海鴿文化出版圖書有限公司

國家圖書館出版品預行編目資料

泰戈爾的詩／羅賓德拉納德・泰戈爾作；徐翰林譯.
--五版，--臺北市 ： 海鴿文化，2019.05
面 ； 公分. －－（青春講義；119）
ISBN 978-986-392-272-8（平裝）

867.51　　　　　　　　　　　　108005466

Seadove

Seadove

Seadove